全民微阅读系列

诚实培训班

李代金 著

江西高校出版社

图书在版编目（ＣＩＰ）数据

诚实培训班/李代金著. —南昌:江西高校出版社，
2019.1

（全民微阅读系列）

ISBN 978－7－5493－7873－9

Ⅰ.①诚… Ⅱ.①李… Ⅲ.①小小说—小说
集—中国—当代 Ⅳ.①I247.82

中国版本图书馆 CIP 数据核字（2018）第 237011 号

出 版 发 行	江西高校出版社
社 址	江西省南昌市洪都北大道96号
总编室电话	(0791)88504319
销 售 电 话	(0791)88522516
网 址	www.juacp.com
印 刷	永清县晔盛亚胶印有限公司
经 销	全国新华书店
开 本	700mm×1000mm 1/16
印 张	14
字 数	180 千字
版 次	2019 年 1 月第 1 版
	2019 年 1 月第 1 次印刷
书 号	ISBN 978－7－5493－7873－9
定 价	36.00 元

赣版权登字 –07 –2018 –1247

目录

CONTENTS

喝　水

干！干！干！旱！旱！旱！水！水！水！

水从哪里来？水从天上来。可天上不下雨！

水从哪里来？水从地下来。可地下不出水！

爹渴。儿渴。爹忍着。儿忍着。一天，又一天。

天高。天蓝。天不下雨。爹着急，儿也着急。爹在屋里团团转，又到屋外团团转。儿看着爹，也团团转。爹抓耳挠腮，接着呵呵地笑。爹进屋，抓了瓢，提了桶，走出门，呼呼呼地向前走。

儿问爹，你去哪？爹说去提水。儿问，哪里提？爹说，山里提。儿说，我要去。爹说，你别去。儿说，我要去。儿跟上来。爹见了，呼呼呼地向前走。虽是走，胜似跑。儿看看，止了步，罢罢罢。

一个小时后，爹回来了。儿迎上去，笑嘻嘻的，桶里大半桶水，够喝一两天。爹放下桶，舀一瓢水，递给儿说，儿喝水！儿说，爹，你先喝！爹说，我喝了。儿接了瓢，咕噜咕噜，一瓢水喝了个精光。儿抹抹嘴，笑嘻嘻。

爹问，还喝吗？儿摇头，不喝了，饱了。儿拍拍肚子，说，真舒服！儿放下瓢，提着桶，呼呼地往家跑。爹进屋。儿说，爹，这水真清，照得见人影，能当镜子用。爹点头。儿说，爹，这水真香，像是花朵上掉下来的。爹点头。儿说，爹，这水真甜，像是加了糖。

喝进嘴里,嘴里甜。喝进肚里,肚里甜。爹点头。

儿问,爹,这水是什么水啊?爹笑着说,是山泉。喝了这水,长生不老。儿问,真的?爹说,当然是真的!儿笑嘻嘻的。爹说,那个洞很小,我的脑袋刚好能钻进去,再大一点都不行。我把手伸进去,把脑袋伸进去,慢慢舀,半瓢半瓢地舀,舀完了,才大半桶水。不过你别着急,也许过两天又能舀大半桶水。

天不下雨,人要喝水。

儿舀半瓢水,端给爹,让爹喝。爹不喝。爹说,儿,你喝吧,我不渴!儿说,爹,你渴,你喝。爹,你看,这水真清。你闻,这水真香。你喝,这水真甜。爹说,儿,我知道,你喝吧,你喝吧!儿就喝,咕噜咕噜,半瓢水喝了个精光。

大半桶水,爹和儿喝了三天。爹喝得少,儿喝得多。

爹提着桶出门。儿说,爹,我要去。爹说,你别去,我很快就回来。爹跑,向山里跑。

一个小时后,爹没回来。儿急,盯着山口看。两个小时后,爹还没回来。儿急得不行。

儿上了山,在山里转,喊着爹。没有爹的声音,只有儿的喊声。儿哭着找,哭着喊。儿终于找到了爹。爹趴在那个山洞前,爹的脑袋伸进山洞,一块石头掉下来,正好砸中爹的脖子,鲜血糊满了爹的衣裳,顺着石头往下流,往下流……

儿背着爹下山,回家。

儿跪在爹面前,说,爹,有水啦!有水啦!爹的面前,摆满了桶,桶里满满当当的水。儿数着桶,一桶,两桶,三桶……儿说,爹,你看,有喝不完的水!这水真清,照得见人影,能当镜子用。这水真香,像是花朵上掉下来的。这水真甜,像是加了糖。喝进嘴里,嘴里甜。喝进肚里,肚里甜。这是山泉,喝了这水,长生不老。爹,你喝水!

爹不说话,不喝水。儿说,爹,你喝水!儿舀一瓢水泼向爹。爹,你喝水!儿再舀一瓢水泼向爹。儿说,爹,你喝水!……

坟地里,水向四处漫延,最终成为一片沼泽。儿跪在泥水里,泥一身,水一身。儿泪流满面。儿喊,爹,你喝水,你喝水……

手　套

冬天来了,天冷了,孩子放学的时候,天空中飘着细雨。孩子缩着脖子,还把双手插进裤袋里,匆匆地往家走。孩子路过一家商场,看到里面有好多人,包括一些学生都在买手套,孩子就决定也买一副手套,那样就不怕冻着手了。

孩子进了商场,像其他孩子一样,细心地挑选着手套。最后,孩子看中了一副棉手套,戴在手上,非常地暖和。于是孩子就买下了它。

然后,孩子戴着手套回家了。路上,孩子想,我要不要告诉母亲我买手套了?告诉了母亲,母亲就会给他钱。不告诉,母亲肯定不会给他钱。但是告诉了母亲,母亲肯定会心疼花了钱。母亲失业好一段时间了,最近才在一家家政公司上班,工资很低,他却花钱去买一副手套,母亲肯定想不过来。这手套是可有可无的,对于他们来说,属于奢侈品。

孩子决定先不告诉母亲买了手套，等找个适当的时候再说吧。孩子在开门之前，把手套取下来放进了书包里。

打开门，母亲看到孩子回来了，就笑了，问孩子，你冷吗？孩子说，不冷，不冷！母亲说，我给你买了一样东西，你猜猜是什么？孩子听母亲说给他买了东西，就笑了，说，肯定是好东西！妈，我猜不出来，快给我看看！母亲然后拿出一副棉手套来。孩子吃了一惊，说，妈，你给我买的手套？母亲说，天这么冷，怕你的手冻着了！要是冻着了，怎么写字？来，戴上试试，看合适不！母亲说着就拿手套往孩子手上戴。

孩子没想到母亲会为他买一副手套，太突然了。孩子觉得自己对不起母亲。母亲想着给他买手套，可是他呢，却只想着自己，只买手套给自己。孩子知道，自己买的手套，只怕是永远都不能拿出来了，只能拿去退掉。拿出来让母亲知道了，母亲会怎么想？肯定会心疼花了钱，而且还会认为孩子不关心她。

母亲给孩子戴好了手套，高兴地说，还真合适！暖和吧？孩子说，暖和，真暖和！孩子又说，妈，你呢？你有手套吗？母亲说，我不用戴手套！我不怕冷！孩子知道，母亲肯定是为了省钱，舍不得为自己买手套。母亲怎么会不怕冷呢？不行，我得给母亲买一副手套。要是母亲的手冻着了，那她怎么干活？父亲死了，家里全靠母亲呢！

第二天，孩子把自己买的那副手套好说歹说地退掉了，然后换了一副女式的棉手套。母亲给了他一副手套，他也要送一副手套给母亲才行。他不能让关心他的母亲把手冻着了，否则，他会不安的。

孩子回到家里的时候，吃了一惊，母亲的手上，已经戴着一副手套了。孩子没有把他给母亲买的手套拿出来。孩子对母亲说，妈，你买手套了？母亲说，买了。我怕你为我买手套，所以就先买了。母亲是怕孩子买贵了，就自己买了。

孩子看了看母亲手上的手套，发现那是一种很便宜的手套。母亲终究是舍不得花钱。孩子知道，母亲买这样的手套来戴，也只是为了让他安心，让他不再为她没有手套担忧她冻着了手。孩子说，买了就好！你要不买的话，我就要给你买了！只是这手套暖和吗？母亲笑着说，很暖和的！你就放心吧，我的手不会冻着了！孩子笑了笑，说，暖和就好，暖和就好！

现在，孩子是不能把自己买的手套送给母亲了。孩子把那副手套悄悄地藏了起来。孩子不能让母亲知道他给她买手套了。知道了，母亲肯定会心疼花了钱。孩子决定等明天冬天的时候再把手套送给母亲。

有　　钱

小林是山里的孩子，很穷，但是他学习很努力，高中毕业考上了省城的一所有名的大学。小林本来是不愿意去上大学的，因为他父亲死得早，全靠母亲一个人养这个家，家中还有一个弟弟小虎，在读小学了，也需要很多钱。小林就想找点活干，挣钱帮母亲减轻负担。母亲为了供他上高中，辛辛苦苦地拼命挣钱，都已经白了头发。山里难得有人考上大学，虽然穷，但小林的母亲还是四处借钱,让小林上了大学。

　　小林一个月才回家一次。每次回家,小林都是拿钱。其实,小林是可以不用回家的,让母亲寄钱就行了,但小林就是要回来看看。

　　这个月末,小林又回来了。母亲见了小林很高兴,拉着小林的手,问这问那的。母亲早就知道小林这天要回家,就特地到山里去找了些野味回来。晚上,一家三口吃得有说有笑,好像过节似的。其实,这都只是表面的欢乐而已,在小林母亲的内心,她正愁着呢。

　　第二天,小林临走的时候,母亲从衣袋里掏出 300 块钱,对他说:"孩子,你拿着,你看够不够?"小林说:"妈,我这次不要钱,我还有钱呢!"小林说着就从衣袋里掏出一沓钱来,又说:"妈,你看看,我还有 500 块钱呢! 可够两个月的生活费了……"

　　母亲见了小林手中的钱不由大吃一惊,她说:"孩子,你咋有这么多钱? 你从哪儿弄来的?"母亲说得很严厉,好像小林手中的钱是偷来的。小林笑着说:"我是去打工挣来的! 我们学校好多同学都一边学习,一边打工!"

　　母亲这才笑了,又说:"孩子,你也不要光想着打工挣钱维持生活,你现在应该好好读书,挣钱是以后的事。家里虽说穷,可每个月给你 300 块钱的生活费还是有的!"小林说:"妈,我知道,我走了!"母亲点点头说:"好。"

　　母亲去扯小虎,说:"小虎,去送送你哥!"小虎高兴地答应了。小林背着个书包,和小虎出了门。母亲见他们兄弟走远了,也关门走了。

　　路上,小虎忍不住问小林:"哥,你在打什么工呀? 挣这么多钱！"小林说："弟弟，其实我根本就没去打工……"小虎一惊："你没打工？"小林笑着说："我没打工。我怕打工耽误了学习！妈说的话对，挣钱是以后的事！"

小虎赶紧问道："哥，那你的那些钱是哪里来的呢？"小林说："我告诉了你，你可千万不要告诉妈呀！"小虎认真地说："哥，我不告诉妈，你就说吧！"小林这才说道："这些钱大部分都是我从同学们那里借来的，等我回了学校就还给人家。我是不想让妈四处跑去为我借钱，才借来让妈放心的！"

小虎大吃一惊："哥，你没钱，那你在学校里怎么生活呀？"小林说："你不用担心，我在学校帮一些有钱的同学洗衣服，他们就给我钱，或者请我吃饭。我省吃俭用，日子也就可熬过去！"

小虎听了，流着眼泪对小林说："哥，其实，家里也没有钱！刚才妈拿出来给你的那 300 块钱，是她跑去向张大娘借的。我们一出门，妈肯定就拿钱去还了……"小林听了，眼泪情不自禁地流了下来……

谁 是 英 雄

树根在屋里看电视，母亲进来说，别看了，别看了，打雷了！树根就关了电视。树根出了门，一看，天黑沉沉的，雨已经开始下了。一个响雷炸来，树根吓了一跳，赶紧回了屋。

树根找出一本武侠小说，津津有味地看起来。母亲坐在一边做针线活。接着，雨就大起来了，哗哗哗。雷声不断，闪电不断。母亲不时地放下针线活到门口看看。看了后，母亲就说，这雨咋下这么大，该不会发大水吧？树根没有说话，看小说看得很投入，两耳不闻屋外事。

雨一直哗哗哗地下，满了沟渠，满了稻田，满了河沟。雨还是没有停下来的意思，还是一个劲儿地哗哗哗地下。水开始向屋里漫延，并且洪水越涨越高。树根和母亲赶紧收拾屋里的东西，要是将衣服、棉被和粮食打湿了那就麻烦了。树根和母亲忙，没能忙过不断上涨的洪水，还是有不少东西打湿了。更可怕的是，屋里的盆瓢桌椅向屋外漂去，怎么拦都拦不住。

雨还哗哗哗地下着，洪水还在不断地上涨，已经上涨到人的肚子了。母亲说，管不了啦，我们赶紧上楼吧！树根只好和母亲上了楼。树根家的屋子是平房。树根和母亲就在平房顶上打着伞看下雨。打着伞也不管用，风一吹，伞就歪了，雨就打在人身上。很快，树根和母亲全身都湿透了。

树根和母亲看着雨哗哗哗地下个不停，看着洪水一点点地上涨，看着整个村子成为一片汪洋大海。该是吃午饭的时间，整个村子不见一点炊烟。树根饿了，想下楼找吃的，可是楼道已经让水给堵了。树根只好退回去上了楼。

树根想只能等雨停了才能找点东西吃了。树根看母亲，发现母亲的脸上满是雨水，树根想母亲脸上肯定还有泪水。家里的一切都让洪水给毁了，母亲不伤心才怪！

雷不打了，电不闪了，可雨却是一直哗哗地下，好像整个天都缺口了似的，把所有的水都往这一块地方倒。洪水还在上涨，树根担心起来，这房子经得住大水泡这么久吗？树根忍不住哭起来。这房子可是去年冬天才修的,花光了家里的积蓄呀。房子要是没了,那他还怎么娶媳妇?

母亲说,儿呀,别哭了,我看在这里是不能再待了,得赶紧离开这里!树根说,去哪?我们现在能去哪?母亲说,现在,只有村里的那个骆驼山才是安全的……骆驼山是村里最高的山,水肯定涨不到山上,肯定安全。树根说,可是你不会游泳呀!树根的水性好,可是母亲不会游泳,怎么能到骆驼山?母亲说,你别管我,你一个人去吧!树根说,不,我们一起去!树根上前拉着母亲的手说,你抱紧我,我们一起走!母亲说,不行,我抱着你,两个人都会落水!你快走呀!树根说,妈,你不走,我也不走!

母亲走到平房边上,说,儿呀,你照顾好自己!说完,母亲纵身跳入了洪水。树根上前大声叫着,妈——妈——哪里还有母亲的影子?树根哭了起来。然后,树根抹了眼泪,跳入水中,向骆驼山游去。

洪水真猛,好在树根平时就在河里游泳惯了,树根就像是一根树根一样漂浮在水面上。树根游着游着,突然听见孩子的哭声。树根抬头一看,前方有一张方桌,桌子上有一个孩子,孩子紧紧地抓住桌子的一角,随波逐流。只要风浪再大些,孩子可就危险了,树根赶紧游了过去,一手把孩子抱住了。

抱了个孩子在手里,树根的身子就沉重了,一只手也就不那么灵活了,树根在洪水中双脚并用,与洪水拼搏,一点点地向骆驼山靠近。

树根费尽了力气,终于游到了骆驼山,把孩子推上岸,树根也上去了。然后,树根坐在地上,大口大口地出气。树根带着孩子上了山顶。山顶上已经聚集了不少人,有人说着洪水,有人却在一边哭泣,看到树根和孩子上来,都围上来打听情况。得知树根救了这个孩子,大家都说树根了不起。

雨终于停了。救援的人员也来了,山顶上的所有人都安全地转移了。

两天后,乡政府的人来找树根,说让他去县里开会。树根说,我去县里开会? 我去开什么会? 来人说,你救了人,是英雄呀! 树根说,我不去! 来人说,你怎么了? 让你去开会有奖励,走吧! 树根说,我不是英雄! 来人看了看树根说,你不是救了人吗? 怎么就不是英雄呢? 树根说,我妈才是英雄! 来人说,哦,她救了人? 树根说,救了人! 来人说,那村里怎么没上报呢? 把她也叫上吧! 树根说,她死了! 来人说,救人死了,这么大的事,怎么就漏掉了? 这是怎么搞的? 树根说,她救的人是我! 我是被我妈感动了才救人的。我妈为了我能牺牲自己,我见了洪水中的小孩,又怎么能见死不救呢? 所以,我不是英雄,真正的英雄是我妈! 来人听了,含着泪走了。

树根母亲的尸体找到了,树根狠狠地哭了一场。树根的母亲埋葬后,树根在坟前立了一块碑,人们发现上面刻着四个字:英雄母亲!

母　子　情

　　这天中秋节,天还下着细细的雨,她依然提着擦鞋的行头来到了街上。她的命很苦,嫁的第一个男人,好吃好喝又好赌,还时常骂她打她,对她一点都不好。她实在生活不下去,就跟男人离了,带着一个孩子流浪。后来,在城里,她又嫁给了一个男人,哪里知道,这个男人也不是个好东西,看中的是她的姿色,结婚不到一年就不要她了。

　　那时候,她几乎对生活绝望了。看到身边的孩子,她含着泪,带着衣物和自己的一点积蓄来到了城郊。她向人家租一间房子住下来,要在城里找活干,养孩子。那户人家见她母子俩可怜,况且自家房子也多,于是就让了两间房子给他们住,还不要她的租金。她总算遇到了好人。

　　住下来后,她就天天往城里跑,想找个活干。可是,她一没文化二没技术,也没有个熟人,找了好几天,也没找到活儿做。她看到街头那些擦皮鞋的生意倒是不错,眼睛为之一亮。擦一双皮鞋少则一元,多则两元,甚至还有给五元的。擦皮鞋既不要文化,也不要技术,更不用找熟人,况且以前她就常常为自己的男人擦皮鞋,这样的活儿,她干得了,也干得好。

　　她花了一点钱,买好了行头。第二天,她就带着孩子和擦皮鞋的行头来到了街头,找了一个人来人往的位置摆下了行头。

开张那天,她竟然擦了二十几双皮鞋,赚到了近 30 块钱,可把她给乐坏了。为此,她给孩子买了一点零食,还买了一斤肉回去吃,以示庆贺。

从此之后,她天天带着孩子上街头擦皮鞋。每天都能赚钱,生活一天天地好起来了,她的脸上也有了阳光。刮风下雨,她也照样上街头擦皮鞋。虽然这样的天气很少人愿意擦皮鞋,但是她也乐意在街头守候,只要多擦上一双皮鞋,就多一点收入。当然,这样的天气,她是不会带孩子去的。她怕苦了孩子。她把孩子托在房东那儿。房东很乐意照顾她的孩子。房东家有个老人,很喜欢这个孩子,跟孩子在一起,老人就特别快乐。老人还时常央求她把孩子留在他那儿陪他呢,老人还时常叫孩子过去吃饭。孩子也很喜欢跟老人在一起。

这天是中秋节,因为下雨,她没有带孩子去,那个老人一早就来把孩子叫走了。虽然是过节,虽然街上很多人,虽然很多人都要走亲访友,虽然他们的鞋子都很脏,但是很少人愿意擦皮鞋。大家都明白,就是擦干净了皮鞋,很快又会弄脏。

中午,她收了行头,去买了一斤肉,就回去了。她觉得这天是中秋,该回去陪陪孩子,一起吃顿午饭。让孩子在别人那儿吃饭,不太好。要出城的时候,她觉得既然是中秋,就应该吃月饼。那儿就有商店,就有月饼出售。于是她走了过去,看到种类繁多的香气喷喷的月饼,她问老板最便宜的月饼多少钱一个,老板指着最小的一种月饼说,这最便宜的,两元一个! 两元! 她吃了一惊。要是一元一个,还可以买上两个月饼,和孩子一人吃一个。可这月饼是两元一个呀! 她说,来一个吧! 拿上月饼,她高高兴兴地回家了。

孩子知道她回来了，就跑了过来。孩子高兴地对她说，妈妈，我就知道你中午会回来的！她笑着说，你怎么知道我会回来呢？孩子笑着说，因为今天是中秋节！因为我想和你一起吃饭！她听了，就笑了，多么可爱的孩子呀！也正是因为这个可爱的孩子，她才感到生活的幸福。

她问孩子，今天是中秋节，你说该吃点什么？孩子笑着说，该吃月饼！她笑着说，对，该吃月饼！她从衣袋里掏出那个月饼，一把塞到孩子手里，说，这就是月饼，拿着吃吧！孩子说，妈妈，你呢？她说，妈妈吃过了，妈妈买了两个月饼，在路上妈妈就将自己的那个吃掉了！很好吃的，你快吃吧！

孩子点了点头，放下月饼，却变戏法似的从身上掏出一个月饼来，一把举到她的面前，说道，妈妈，这是月饼，给你吃！她说，你哪里来的月饼？孩子说，爷爷给我的！孩子说的爷爷，就是喜欢他的那个老人。她接过了月饼，问孩子，你谢过爷爷了吗？孩子说，谢了！妈妈，你快吃吧！很好吃的！爷爷给了两个，他说我一个你一个，我的那个我已经吃掉了！她笑着将那个月饼一分为二，硬是要将一半给孩子，说，你真乖，妈妈奖励你！孩子听了，这才高兴地接过了月饼。

吃过午饭不久，那个老人来了。老人带来两个月饼给她。老人对她说，上午给了孩子一个月饼，忘了让他带一个给你，现在补上。孩子真乖，再给他一个月饼吃！她一听，就流起眼泪来了。一是为这个可敬的老人，二是为自己可爱的孩子。中午，孩子明明告诉她说爷爷送的是两个月饼呀！这孩子，居然也骗了她！

争　遗　产

　　他的母亲去年去世了,眼下,父亲也去世了。把父亲的后事处理好后,他和大哥准备分父亲留下来的遗产。遗产有两样最值钱,一样是父亲的房子,另一样就是父亲生前收藏的画。画是一幅古画,据说很值钱,也许两套房子都没有画这么值钱。

　　那天,他对大哥说,哥,你要房子,我要画,你看行吗?大哥一听就急了,说,弟,你要房子,我要画!他说,你是哥,我是弟,你得让着我,就把画让给我吧!大哥说,我是哥,你是弟,你就得听从我的安排,我要画,你就要房子!他连忙摇头,说,不行,不行!大哥说,不行也得行!你要房子,也不吃亏,能值几十万!他说,要房子不吃亏,那就你要啊!反正我就只要画!兄弟两人争得不可开交,谁都想要那幅画。毕竟画更值钱。

　　大家见他们兄弟两人争不出个结果来,再争下去,只能伤了和气。于是有人就对他们兄弟两人说,要不这样吧,把房子和画都卖了,卖的钱平分不就公平了?兄弟两人听了连忙说,不卖,不卖!画绝对不能卖!那是父亲收藏了几十年的东西,一定得好好留着!

　　大家听了,就为难了。不把房子和画卖掉,实在不好分呀!突然,他对大哥说,我们抓阄儿吧!大哥听了连忙说,好呀!弄两个纸团,谁抓到什么就要什么!

大哥找来纸和笔，做了两个纸团，然后往桌上一扔，说，弟，我做的纸团，你先抓吧，免得说我不公平！他也不客气，看看这个纸团，又看看那个纸团，最后拣了一个纸团起来。剩下的那个纸团，就是大哥的了。

他缓缓地打开了纸团，一看就泄气了，纸团上赫然写着"房子"。大哥见了，没有看自己的纸团，一把扔了，高兴地说，弟，房子是你的，画是我的！他无奈地说，哥，算你运气好！然后，大哥高高兴兴地拿着画，走了。

大哥走后，他捡起了大哥扔掉的那个没有打开的纸团，一打开，他就吃了一惊，纸条上赫然写着"房子"两个字。他连忙跑出门，拉住大哥，说，大哥，你做假！然后他摊开手中的两个写着"房子"的纸条给大哥看。大家见了，议论纷纷，都说大哥的不是，说他为了得到画弄虚作假，太没道理了。终于，大哥说道，弟，我这么做是为了得到画，可我是为了你好，因为这画是假的！

他吃了一惊，说，原来你也知道它是假的！大哥说，别忘了，我平时就对画感兴趣，是真是假，我能不知道？

这画的确是假的！然后他对大家说道，现在的这幅画早已不是父亲收藏的那幅画了。前不久父亲去省城治病，由于钱不够，我就自作主张将画悄悄地拿去叫人仿造了一幅，然后将真的卖掉了。谁知钱花了，父亲的命还是没能保住。现在分遗产，我知道，大哥家里不富裕，大嫂最近又失业，大哥的儿子还在北京上大学，于是我就想让大哥要房子。哪想到，大哥却做了两个"房子"的纸团，让我得到了房子。

然后，他又说，开始的时候，我还以为你跟我争画是在乎画的价值呢！说着，他就掉下了眼泪。大哥说，我是你哥，我怎能占你的便宜？我知道你才买了新房子，还欠下一笔债，就想让你得到房子，让你早点还债！

这时，所有的人都不禁松了一口气。先前，大家都以为他们争着要画是因为它更值钱，如今才明白，他们争画是为了一份深厚的兄弟之情，他们都想把最好的东西给对方。他们永远是最好的兄弟！

爱 的 地 址

女孩无所事事地坐在那里。没事干，她不快乐；事情忙，她也不快乐。此时，她希望有人来取款或者汇款。

门口，一个男孩走进来。男孩穿着的衣服布满灰土，一看就是个民工。男孩似曾相识，女孩热情地跟他打招呼："嗨，你好！"男孩一愣，他冲女孩笑笑，说："你好！请你给我一张汇款单，我要寄钱！"

女孩取了一张汇款单，递给男孩。男孩拿了旁边的笔，埋头填写汇款单。女孩问："是寄钱回家吧？"男孩说："是！"女孩又问："是寄给老婆吧？"男孩不好意思地笑了，说："不是！还没女朋友呢！是寄给我妈！"女孩心想男孩真孝敬父母。

女孩也有父母，他们在乡下种着庄稼，每个月，父母都给她带来粮食和青菜，可是，她工作大半年了，却从没有给过父母一分钱。因为，她要在城里扎根，而要在城里扎根，是需要很多钱的。

女孩和男孩有一句没一句地说着话。很快,男孩就填好了汇款单。在交汇款单给女孩之后,男孩掏了钱给女孩,说是 800 元。

女孩看一眼汇款单,她看到,男孩的地址写的就是邮局对面的大发超市。她问男孩:"你在大发超市上班?"男孩说:"是!"女孩说:"不对吧!"女孩每天上下班都要路过一个建筑工地。每次路过,她都看到了男孩忙碌的身影。女孩又看看男孩,没错,她没有认错人,眼前的男孩,就是建筑工地上的那个男孩。女孩说:"你在建筑工地上班!"

男孩低了头,他说:"是的,我在建筑工地干活!"女孩问:"那你的地址为什么写大发超市呢?"男孩看看女孩,他告诉女孩他出门的时候,母亲叮嘱他不要去干危险的活儿,也不要去干辛苦的活儿,让他找轻松的工作,哪怕挣钱少点,他们也高兴。可是到了城里,他实在找不到轻松点的工作,只好去了建筑工地。他不想让家里人知道他在建筑工地干活,为他担心,便告诉家里人他在超市当保安,很轻松。因此,他寄钱回家,也就只能填一家超市的地址了。

原来男孩改变自己的地址,是对家人最大的爱啊! 女孩也感受到男孩的温暖,她迅速为男孩办理了汇款。

此后每隔一个月,男孩都会来邮局办理汇款。每次,女孩都会跟男孩谈很多话。女孩希望男孩找一份轻松的工作,男孩说他一直在找,可一直没找到。女孩告诉男孩,她在帮他找,如果有消息,她会去找他。

女孩真的在帮男孩找工作,不但她自己有空出门去找,而且她还托朋友们帮男孩找。因为,女孩已经喜欢上了这个男孩。

不久,女孩的朋友真的替男孩找到了工作,而且就是去超市当保安。女孩去找到男孩，她告诉男孩工作的事，男孩喜出望外。

那天晚上，男孩请女孩吃饭，他感谢她。第二天，男孩就去超市上班了。

每天上班没事的时候，女孩就想男孩，她盼着男孩出现。可是，男孩没有出现。女孩知道，他不会再来了。因为，男孩上班的超市在东区，离她这西区很远，并且，东区就有两个邮局，男孩寄钱回家，再也不用来她这儿了。女孩突然后悔帮男孩找了工作，让他远离了自己。尽管女孩很想男孩，可是她没有勇气去找男孩。女孩想男孩其实应该明白她的心思的，如果不是她喜欢他，她怎么可能帮他找工作呢？

让女孩没想到的是，突然有一天，男孩出现在她面前。女孩万分惊喜，她问：“你是来看我的吗？”男孩说：“是的！我给你带了东西！”男孩将手中的袋子交给女孩。女孩打开，笑了，那全是她喜欢的零食啊。

男孩说：“给我一张汇款单，我要寄钱回家！”女孩给了男孩一张汇款单。男孩埋头填写汇款单的时候，女孩问他：“你为什么到我这儿来汇款，东区不是有邮局的吗？你是不是想累死我啊？”说着，女孩偷偷地笑了。她当然不会嫌男孩来麻烦她，她希望男孩天天都来呢！

男孩说：“我知道，东区是有邮局，可是，我不能在那儿汇款……”“为什么啊？”女孩睁大眼睛。男孩说：“以前，我的地址是西区的大发超市，要是现在我的地址改成东区的三友超市，我妈肯定会认为我没干好工作，被老板炒了，她肯定会担心我的，所以，我的地址不能改变。我担心在东区汇款出差错，所以，我还是只能到你这儿来汇款！你不会怪我来麻烦你吧？”女孩连忙说：

"不怪,不怪!"

那一刻,女孩的眼睛湿润了。原来男孩不变自己的地址,也是对家人最大的爱啊!

圣 诞 礼 物

尽管这是平安夜的夜晚,但女孩的母亲还是没有陪女孩,她推着小车,沿街叫卖着烤红薯。香喷喷热乎乎的烤红薯,很是吸引人。但是,真正掏钱买烤红薯的人,却是少之又少。因为是平安夜,人们不是在家里吃喝,就是在酒店聚会,街上的行人并不多。因为起着冷风,偶尔路过的行人都急匆匆地往家赶。

没想到今天的生意这么难做,还是平安夜呢!看着小车上的烤红薯还有那么多,母亲的心就一紧。她不由埋怨起这个节日来。这是外国人的节日,咱们是中国人,也跟着别人瞎胡闹。

母亲知道,平安夜的晚上,大人要给孩子圣诞礼物。可是,她能给女孩什么呢?

半年前,女孩的父亲得了疾病,花光了家里的积蓄,然后撒手而去。女孩的哥哥在外读着大学,每个月都需要一笔生活费。尽管母亲有一份工作,但是收入只有一千多块钱。为此,晚上她出来卖烤红薯,早上,她还出来卖早餐呢!每天,她忙得像个陀螺。以前,女孩的父亲是家里的顶梁柱,现在,家里只能依靠她了。

女孩很懂事,总是想帮着母亲做点什么,但母亲不让,她让女孩好好学习。每天晚上，女孩都在家里学习。女孩很爱看一些杂志，比如《少年文艺》《故事大王》《儿童文学》等等。女孩的作文写得很好，老师总是表扬她。前不久，女孩的作文还获得了一笔稿费。

母亲决定给女孩买两本杂志，那是给女孩最好的礼物，女孩肯定非常高兴。母亲推着小车，来到了书店门口，她停下小车，走了进去。母亲拿着杂志翻起来，老板走过来瞪了她一眼，说："你的手！"母亲看看自己的手，她的手并不脏，只是挺黑挺粗糙。母亲像是受到了嘲弄，她将杂志放下了。她想这杂志也不便宜呢，还是别买了，以前女孩都是借来看，还是让她去借吧，能省就省一点吧。

母亲走出书店，继续推着小车，叫卖着烤红薯。她想，再过些日子就过年了，干脆给女孩买一套新衣服。至于她自己，就不用买了。

这天晚上，母亲很晚才回去。她的红薯还剩很多。不过不要紧，明天可以继续卖。

母亲回到家里，女孩已经睡下了。母亲松了一口气，她还担心女孩等着她回来，要圣诞礼物呢！

夜里，母亲醒过来很多次。每天早上，她都得六点起床去卖早餐。因为母亲担心起得迟了，所以，很多个夜晚，她都休息不好。

当母亲再一次醒来，发现才凌晨五点半的时候，她只好继续睡。迷迷糊糊地躺了一会儿，她突然被一阵铃声惊醒。母亲一下子爬起床，她寻声望去，只见在窗台上放着一个小小的闹钟。母亲笑了，她上前按了一下闹钟背后的按钮，闹钟停止了呼叫。

这时，女孩也醒过来了。母亲拿着闹钟去问女孩："是你买的闹钟？"女孩冲母亲点点头，说："妈妈，每天晚上你都担心早上起得迟了，晚上总是休息不好，我就想你有了闹钟就可以放心地睡觉了……"母亲笑了。其实，在此之前，她也想过买个闹钟，可是她又想，一个闹钟要好几块钱呢。而且，有了闹钟，早上还要吵醒女孩，便作罢了。

"怎么昨天晚上没告诉我？"母亲微笑着问女孩。女孩说："妈妈，昨天是平安夜，平安夜要送礼物，但要悄悄地送啊！"女孩微笑，看着母亲，显得很得意很快乐。

是啊，平安夜要送礼物，大人送礼物给孩子。可是，她什么也没送给女孩，而女孩，却给了她一个闹钟。母亲的眼睛湿润了。她心里感到愧疚。

早上，女孩起床，桌上，放着她的早餐，她发现今天的早餐与以往不同：有一个包子，还有两个卤鸡蛋——这是母亲给她的圣诞礼物。在此之前，女孩的早餐同母亲一样，都是两个馒头。

那天的早餐，女孩吃得很开心。

母亲回来的时候，女孩已经上学去了。母亲发现，桌子上，还放着一个卤鸡蛋，下面压着一张纸条，上面是女孩的笔迹：妈妈，这是你的卤鸡蛋，请你一定吃了它！

一 只 王 八

　　小村在山里,是真正的小村,原先全村只有八户人家,现在,小村就只剩下两户人家了,都姓李,叫大李和小李,他们是兄弟。大李和小李因为穷,才不得不留在山里。

　　村边有条小溪,溪边有个深潭,潭里有鱼虾,大李和小李经常去潭里弄些鱼虾卖钱做零用钱。大李和小李有一手绝活儿,就是下水摸鱼虾。只要下了水,他们就如鱼得水,在水里游来游去,摸鱼虾非常容易。

　　每隔几天,大李和小李都会到潭里摸一次鱼虾。这天,大李和小李又一起下了潭水。大李和小李在水里欢快地游着。近来潭里的鱼虾越来越少,主要是小溪上头没怎么来鱼虾,大李和小李在水里游了好一阵子,岸上的水桶里还没有多少鱼虾。以前,大李和小李在水里只要摸一个小时就可以了,但是这天早过了一个小时,他们还不肯上岸,他们得多摸些鱼虾,多换些钱。

　　突然,大李兴奋起来,他发现了一只王八,大李赶紧将手伸了过去,这时,小李的手也伸了过来。大李和小李一人抓住王八的一半出了水。大李和小李相视一笑,小李就赶紧松了手。上了岸,大李和小李都很兴奋,这是一只挺大的王八。小李说:"这王八至少能卖600块钱!"小李和大李曾在集市上看到过有人卖这样的王八。

大李笑着说:"肯定能卖600块钱!"大李说着就把王八放进了水桶里,不过他不是放进自己的水桶,而是小李的水桶。小李不由一愣,吃惊地说:"哥,这王八是你抓住的,你给我干啥?"大李笑着说:"这王八是你抓住的,我怕你失手了,才搭了一把手!"小李说:"哥,这王八明明是你先抓住的,你的王八,我不能要!"小李说着就弯腰伸手从水桶里抓起了王八。大李看小李要将王八放进自己的水桶,赶紧阻止了小李,说:"你就留着吧,家里需要钱!"小李的妻子病了,小李正愁药钱,有了这只王八,妻子的一次药钱就不用愁了,小李感激地看了大李一眼,终于将王八放回了自己的水桶。

回到家里,小李突然想到大李的儿子小宝马上就要上学了,需要一笔学费,可大李却把王八给了自己,小李的心里很不是滋味。小李决定将王八还给大李。小李从水桶里捞起了王八,然后往大李家走去。走到半路,小李又折了回来,他想既然大李把王八给了他,当然不会再收下。

小李的妻子见小李拿着王八出去一会儿就又回来了,便问他发生什么事了,小李将一切都告诉了妻子,妻子听了说:"哥真好!"小李说:"是呀! 所以,我才不能要哥的王八,哥家也困难呢!"小李无奈地将王八放进了水桶里。小李想,要是改天能再摸到一只王八就好了。

第二天,小李去找大李,小李说:"哥,今天我们去摸鱼吧!"昨天,大李和小李摸的鱼不够多,于是大李提着水桶跟小李去了水潭。

大李和小李在水里摸了一个小时,同昨天一样,也没有多大收获。就在大李和小李准备上岸的时候,小李突然兴奋地叫起来："哥,我摸到了一只王八!"大李浮出水面,看到小李手里抓着一只王八,而且还是一只大王八,大李就笑了,说:"小李,你运气真好!"

小李上了岸,大李也上了岸。小李将王八放进了大李的水桶里。大李见了,赶紧说:"小李,你这是干什么?"小李笑着说:"哥,昨天你给我一只王八,帮了我一个大忙。今天我送你一只王八,这下好了,你也不用为小宝的学费发愁了!"大李笑了,上前拍了拍小李的肩膀说:"我的好兄弟,走,回家去! 明天咱们卖王八去!"

小李回到家里,把自己摸到一只王八送给大李的事对妻子说了,妻子一听就笑了,她说:"你做得对,大哥送你一只王八,你也送他一只王八,这下小宝的学费就不用愁了!"小李说:"明天我就和大哥卖王八去,然后给你抓药回来!"妻子听了却说:"王八没有了,我把它给放了……"小李一下子睁大了眼睛:"你说啥?你说你把王八给放了? 哎哟,你可知道,它能卖600块钱!"妻子说:"我知道。正因为我知道,我才把它给放了。我把它放进了潭水里,我想也许你刚才抓到的那只王八就是我放的那只!"小李回忆了一下自己抓住的那只王八,突然笑了,自己抓住的那只王八,正是昨天大李给他的那只。小李拉着妻子的手说:"我不怪你,你做得对! 这会儿,也许大哥和大嫂正为那只王八高兴着呢!"

这天晚上,小李睡得很踏实。

第二天,大李来找小李,小李以为大李要去卖王八,可一看大李的水桶,空空的,小李说:"哥,今天还要摸鱼虾?"大李说:"摸,家里的鱼虾太少了,再摸一点吧!"

小李提着水桶，和大李来到了潭边。小李放下水桶，脱衣服。大李也放下水桶，却在一边磨磨蹭蹭。小李觉得大李有点怪怪的，一看大李，发现大李的衣兜里装着一只王八，小李心里嘀咕起来：哥不把王八放在家里，把它带出来，这是干啥呢？小李没有问大李，脱完衣服就下了水，但他偷偷地观察着大李。

大李见小李下了水，就赶紧脱了衣服，然后从衣兜里抓出王八，紧紧地捏着它也下了水。不一会儿，大李叫起来："小李，我摸到一只王八！"小李浮出水面，看到大李手里抓着一只王八，而且还是一只大王八，小李就笑了，说："哥，你运气真好！"

大李上了岸，小李也上了岸。大李将王八放进了小李的水桶里。小李见了，赶紧说："哥，你怎么又把王八送给我？你已经给过我一只王八了！"大李说："我家里有一只王八了，小宝的学费已经足够了，这王八还是给你好，你用钱的地方比我多！"小李说："哥，我知道这就是你家里的那只王八。刚才的一切，我都看到了……"小李把王八从水桶里捞出来，然后一把扔进了潭水里。大李吃了一惊："小李，你这是干什么？"小李说："哥，这王八，谁抓住就是谁的！"

然后，小李和大李跳进了水里。小李和大李在水里游来游去，他们摸着鱼虾。好几次，他们两人都摸着了王八，但他们都又悄悄地将它放掉了。

于是，这只王八永远地留在了潭水里。而每一次小李和大李摸到它，都会感到特别幸福。

母 亲 的 家

　　他很忙,他也很有钱。他在一座城市,母亲在另一座城市。父亲去世后,母亲一个人生活。本来母亲准备搬到他这儿来住,但他拒绝了,他说他没时间照顾母亲。他不喜欢母亲跟他住在一起,那样的话,会给他添很多麻烦。他怕母亲委屈,为此,他为母亲请了保姆,这样,母亲也不至于孤单。并且,他还每个月给母亲寄一千块钱过去。母亲每个月还有一千多块钱的退休金,有了这些钱,他想母亲会过得幸福。

　　自从为母亲请了保姆,他就再也没有回去过一次。平时,他也很少打电话。打电话,经常没人接。就是接,也几乎都是保姆接电话。保姆总是告诉他说他母亲出门去了,总是告诉他说他母亲很好,让他不要担心,说她会照顾好他母亲。保姆是个细心的保姆,来自农村,是他亲自挑选的,他相信她会把母亲照顾好。所以,他也就用不着回去了,毕竟,他太忙了。

　　但是这天他去看母亲了。他是顺路来的,去开了一个会,就过来看看,毕竟有半年没有见到母亲了。母亲到底过得如何,他想亲眼见一见。母亲是瘦了还是胖了,生活是不是过得开心,保姆是不是真的对母亲照顾周到,他都想知道。

　　他走到门口,敲了好久的门,都没人开门。打家里的电话,也没有人接。他想,她们可能是出去了吧?于是他等她们。一直等到中午,他都没有等到母亲和保姆。他感到很奇怪,怎么一上午都不见人呢?她们去了哪里?他很担心。他怕出了什么意外。

他突然想起保姆上次说她买了个手机,还告诉了他号码,于是他翻电话本。翻到最后,总算找到了保姆的号码。于是他赶紧打了过去。他问保姆,你们在哪里?怎么到现在都不回来?我在家门口!保姆听他这么一说,很是吃惊。保姆说,你回来有事吗?他说,我就是来看看!我妈在哪里,让她赶紧回来!保姆说,她……她没跟我在一起!他说,她没跟你在一起?那她去了哪里?保姆说,她在你那座城市!

保姆的话让他吃了一惊。他想,母亲在我那座城市,这怎么可能?我不是为母亲请了保姆吗?她不是好好生活在这边吗?怎么突然跑到我那边去了?难道母亲是跑到那边去看我?母亲想我了?

保姆是在半个小时后赶过来的。保姆来后,他才明白了一切。原来母亲并没有住在这里。母亲放心不下他,就跑到了他那边,在离他不远的地方租了房子住下来。母亲把这里的房子交给保姆住,让保姆在他打电话来的时候说她很好。保姆还告诉他说他母亲原本就想搬到他家的旁边住,只是因为有他父亲,才不得不留在了这里。现在只有她一个人,所以就过去了。

他问保姆,你知道她住的地方吗?保姆说,她没告诉过我。我想,你应该赶紧回去,要是你再不回去的话,她会很担心你。她可能会四处找你。

于是他赶紧回去了。他要赶回去找到母亲,然后让她和自己住在一起。他想即使母亲和他住在一起会给他带来许多的麻烦和不便,他也不会埋怨母亲,不会赶母亲走。那家,是他的家,也是母亲的家。有母亲的家,才是真正的家。

一千只蚂蚁

　　小玲在放学回家的路上不小心摔了一跤,那路上恰好有一块尖尖的石头,小玲的脸磕在石头上面,被磕烂了,小玲伸手一摸,一手的血。小玲哭着回了家。父亲看到小玲的脸,吃了一惊,赶紧带小玲去找大夫。大夫给小玲的脸上了药。那些天,同学们看到小玲的脸上一个大烂疤,都直叫恶心,直叫可怕。为此,小玲很伤心。

　　不久,小玲脸上的伤好了,可是,小玲的脸上还是有一道手指大的疤痕。小玲不敢照镜子,一看到自己脸上的疤痕,她就忍不住想哭。小玲其实是个很美的女孩子,可是因为这道疤痕,她不美丽了。同学们也总是拿小玲的疤痕来说事,小玲在同学们面前抬不起头来。

　　有一天,小玲放学回到家里就哭,父亲问她:"你怎么了?"小玲说:"同学欺负我! 爸,我脸上的疤痕有办法消除吗?"父亲想了想说:"有,只是有点困难!"小玲说:"爸,你快告诉我是什么办法。不管有多难,我都不怕!"父亲说:"必须拿一千只蚂蚁做药引子……"小玲说:"一千只蚂蚁! 我每天都捉蚂蚁,我能捉到一千只!"父亲说:"我也帮你捉。记住,不要死的,要活的!"小玲点了点头。

　　小玲看到了希望,小玲不再那么伤心了。每天小玲做完作业,她就跑到屋前屋后去捉蚂蚁。小玲很小心,她把捉来的蚂蚁放在一个小瓶子里。回到家里,她又把小瓶子里的蚂蚁倒进家里的大瓶子。开始的几天,小玲每天都能捉到几十只蚂蚁。可是后来,蚂蚁越来越难捉,一天只能捉到几只了。小玲也曾找到过蚂蚁窝,那次她可是捉了好几十只蚂蚁,可把她给乐坏了。放学的路上,小玲会一路捉蚂蚁。而父亲,也帮着小玲捉蚂蚁,几只十几只地往大瓶子里放。

一个月过去,小玲就有了很多很多蚂蚁。那个大瓶子里,黑黑的蚂蚁一层又一层,离一千只越来越近。那些日子,小玲的脸上挂满了笑,她总是对同学们说她脸上的疤痕很快就能治好了。而这时,同学们也不再总是拿小玲脸上的疤痕来取笑她了,久了,大家都习惯了。

有一个周末,小玲数了大瓶子里的蚂蚁,小玲数了两遍,有九百多只。父亲问小玲有多少蚂蚁了,小玲说了,她还说:"爸,只要再捉一个星期,就能凑足一千只蚂蚁了!"

又一个周末来了,小玲又数了大瓶子里的蚂蚁,小玲数了两遍,却还是只有九百多只。父亲问小玲有多少蚂蚁了,小玲说了,父亲说:"怎么还是九百多只?"小玲说:"也许是蚂蚁从瓶子里跑了些吧!"父亲说:"很有可能! 也许是装蚂蚁的时候有的趁机逃跑了! 这些小东西,可机灵啦!"

然后,再一个星期过去了,小玲的蚂蚁还是只有九百多只。那个周末,有一个经常帮小玲捉蚂蚁的同学来小玲家,她见小玲和父亲还在捉蚂蚁,于是她也帮着他们捉蚂蚁。同学找了个机会问小玲的父亲,她说:"叔叔,用蚂蚁做药引子真的就能治好小玲脸上的疤痕吗?"小玲的父亲说:"不能,我骗她的!"同学吃了一惊,她说:"叔叔,你骗小玲捉蚂蚁治疤痕,你就不怕有一天小玲凑足一千只蚂蚁吗?"小玲的父亲说:"其实,我还真怕有一天她凑足了一千只蚂蚁,那我怎么跟她交代呢? 我跟她说我骗了她,她肯定会很伤心。当初,我见她伤心,随口说说,没想到她却是认了真。这些日子,我天天都在放走她的蚂蚁,我希望她永远都凑不足一千只蚂蚁,让她永远活在希望和快乐之中!"

同学然后又去问小玲说:"你什么时候才能凑足一千只蚂蚁?"小玲说:"其实,早就够数了,只是我悄悄把蚂蚁放走了一些!"同学一惊,问小玲:"你不是想治好你脸上的疤痕吗? 怎么把蚂蚁放了呢?"小玲说:"我爸骗了我,我问过村里的老人,根本就没有我爸说的那个偏方……"同学很吃惊,她没想到小玲居然知道父亲骗了她,便说:"你既然知道你爸在骗你,那你还捉蚂蚁?"小玲说:"我知道我爸骗我是为了给我希望和快乐,他不想让我生活在悲痛之中。假如有了一千只蚂蚁,那我爸的谎言就揭穿了,他肯定会因此而不快乐,所以,我只能一次又一次地放走蚂蚁,然后,再一次又一次地捉蚂蚁。其实,每次捉蚂蚁我都很快乐!"

同学很感动,她知道,小玲和父亲都在放走蚂蚁,那么,真的可能永远都凑不足一千只蚂蚁。只是,小玲的父亲不知道,他一直想给小玲希望和快乐,但小玲却早已知道了他的谎言,而现在的小玲,已经不在乎脸上的那道疤痕了,她在乎的是怎么维护父亲的那个谎言,让父亲一直活在快乐之中,活在他的希望之中。

母亲的遗嘱

自从父亲死后,梅子一家的日子就越过越艰难。先是梅子的哥哥强子上学,接着又是梅子上学。母亲一个人支撑这个家,实在不容易。

梅子八岁这年,母亲决定把强子送给人家。强子知道了,大哭,强子说什么也要跟母亲在一起。梅子也哭,也不同意母亲把哥哥强子送给人家。平时,谁要是欺负梅子,强子就会站出来保护她,要是以后没了哥哥,那大家还不狠狠欺负她?不管强子愿意不愿意,梅子同意不同意,母亲都坚决要把强子送给人家。母亲狠狠地说,我都跟别人说好了,你不去也得去!强子说,妈,为什么要把我送给别人呢?为什么不把妹妹送给别人?大家都喜欢男孩子,你为什么却不要我,偏要送我给别人?母亲对强子说,人家不要女孩子,只要男孩子。强子,你到了别人家,妈以后会经常去看你的。到了那里,你的生活也更好。你走了后,家里少一个人的开支,这样,我和你妹妹的生活才能好一点。要是你还爱你的妹妹,你就应该离开这个家。

母亲的意思,强子懂,家里少一个人,就少一份开支。只有自己离开了这个家,妹妹的生活才会好起来,才能继续上学。以前,强子很爱梅子的,他们是兄妹呀。但现在,强子突然恨起梅子来了,要不是家里多了这个妹妹,母亲又怎么会把他送给人家呢?

强子仇恨地看着梅子。梅子赶紧地低了头。

梅子哭起来,她说,妈,不要把哥送给人家,要送,就把我送给人家吧！母亲说,你插什么嘴？再说,你比你哥小,更需要我,我怎么能把你送给人家？说着,母亲一手拉着梅子,一手拉着强子,哭了起来,她说,要是你们爹在,这个家就不会弄成这个样子！梅子和强子见母亲哭了,也哭了起来……

第二天,强子便去了别人家,成了别人家的孩子。强子去的那户人家就在邻乡。母亲走的时候,对强子说,孩子,以后我会来看你的！你要听爸爸妈妈的话！强子只流泪,没有说话。强子恨母亲,也恨梅子。

强子去的这户人家很有钱,却没有孩子,他们一直想要个孩子,对于强子,他们是爱的,给强子吃好的穿好的。强子在那里渐渐地习惯了,只是心里想着梅子和母亲,但想起她们的时候,就咬牙切齿。强子庆幸自己离开了家,到这里过上了好日子。

每个假期,母亲和梅子都会来看一看强子,给他带点吃的,还给他买新衣服。但强子一脸的冷漠,还把母亲和梅子带来的东西都扔了出去,大声叫着让她们滚。母亲每一次见到强子,总是哭,总是对他说,孩子,我对不起你……

等母亲和梅子离开的时候,强子看着她们远去的背影,一个人放声大哭起来。

终于,强子和梅子都长大成人了。两人都有了工作,都成了家。强子的妻子知道强子被他的母亲送了人,就说他母亲的不是,每次母亲和梅子来,连门都不让进。母亲和梅子只好无奈地离去。梅子和母亲住在一起,日子过得不好也不坏。跟强子比,就差得远了。

由于母亲以前操劳过度，现在孩子大了，日子好了，身体却不行了，先是小病，接着是大病。母亲实在不行了的时候，才同意去医院，一检查，肝癌晚期。梅子得到这个消息就哭了。梅子没敢告诉母亲，只告诉了强子。然而，强子来的时候，母亲已经永远地闭上了眼睛。

强子见到死去的母亲，还是一脸的冷漠。强子问梅子，妈走的时候，肯定埋怨我吧？梅子说，没有，妈只是特想你。可你就是没来！哦，对了，妈写了一封信给你！梅子说着就掏出一封信给强子。

强子迫不及待地拆开了信：

强子：我的孩子，妈这辈子对不起你，妈把你送给了别人。可是，妈不得不这么做呀！不把你送给别人，我一个女人，养不了你们兄妹俩。其实，我送你妹妹给人家，他们也是要的，因为他们只想要个孩子，不管是男是女都行。可是妹妹比你小，她更需要我。更重要的是，你妹妹是我在山路上捡来的孩子，她从小就没有得到父母的爱，我可怜她，怕苦了她，所以才留下了她，而把你送给了别人。希望你能理解妈的无奈，希望你能原谅妈。以后妈不在了，希望你替妈多多照顾你妹妹……

强子看着看着就流泪了。梅子说，哥，你咋了，妈说什么了？强子说，妈只说她想我，都是我不好，没有早点来看妈！梅子说，妈不会怪你的，妈知道你也有你的难处。你别伤心，妈不在了，以后你有什么委屈，就跟我说，我可是你妹妹。以前我们对不住你，以后我会好好补偿给你！强子哭着说，妹妹，我的好妹妹，以前是我不好，不该对你们那样无情。妈没有错，而我，却一直在恨妈。这次办妈后事的所有钱，都由我来出，我要好好补偿……说着，强子的眼泪像大雨一样往下倒。

一把剃须刀

　　这天,他对母亲说他要 100 元钱,母亲让他自己去包里拿。他已经读大二了,本来这个假期他是不准备回来的,可他快满 20 岁了,母亲希望他回来过这个生日,他只得回来了,要不他在假期找点事做,挣几个钱,哪里用得着向母亲要钱花。他拉开了母亲的提包,包里有一把新的飞鸽剃须刀,还没拆开盒子。他吃了一惊,母亲包里怎么有剃须刀呢?母亲又不用剃须刀,买来干什么?送人!这么好的剃须刀送谁?送给父亲?父亲不是有一把剃须刀吗?他赶紧取了 100 元钱,把包拉上。

　　这一天,他不安了,母亲买的剃须刀是送给谁的呢?莫不是母亲有外遇了?母亲比父亲有能耐,父亲只是一个小小的公务员,而母亲却在一家大公司当经理。虽然母亲已经年过 40,可母亲看上去只有 30 多一点,母亲的身边,总是围满了男人。前几年的情人节,母亲都会收到许多玫瑰。父亲却一点也不生气,总是说母亲能受到别的男人的青睐是他的福气。许多人都说父亲配不上母亲,而父亲也总是听母亲的,父亲的纵容,母亲就更加自以为是了。虽然说这些年母亲没有提过离婚,但很明显,母亲跟父亲的感情不如从前好了,母亲总是早出晚归,每天在家的时间特别少。

　　他真怕母亲有外遇。如果真是那样,即使母亲和父亲不离婚,那父亲和他都会遭到别人的非议。他才 20 岁,日子还长着呢,要是女朋友知道她母亲是那样的人,不跟他分手才怪。他想问问母亲到底是不是心里有了别人,可他终究不好开口。也许是他自己多虑了。如果母亲真的跟别的男人好上了,父亲会忍气吞声,不找母亲闹? 说不定这把剃须刀是母亲买给父亲的? 父亲一直用的剃须刀不就是母亲买给他的吗?

两天后,他偷偷地去看母亲的提包,提包里的剃须刀不见了。母亲将它送人了。

这天,他逮了个机会问父亲:"爸,你的剃须刀是不是坏了?"父亲看看他,惊讶地说:"没有呀! 怎么啦?"他说:"妈最近送你什么东西没有?"父亲说:"没有! 你这是怎么了?"他说:"没什么,我随便问问!"

而后,他走到一边,就掉泪了,母亲没有把剃须刀送给父亲,那就是送给别的男人了,母亲真的跟别的男人好上了。这如何是好? 他急得团团转。母亲甚至送剃须刀给别人了,感情肯定很深了,怎么劝母亲呢? 要不要告诉父亲呢? 父亲知道了找母亲闹,那事情会不会越弄越糟? 看来,还是我先找母亲谈谈。

这天晚上,母亲没有回来,打电话说要晚些时候才能回来,他的心里就一痛,这么晚了,母亲还有什么好忙的,不用说都是跟别的男人在一起。跟别的男人在一起,还能干什么好事? 这个家,快完了。他闷闷不乐地上了床,却怎么也睡不着,一心想着怎么劝说母亲。

母亲什么时候回来的,他不知道,一觉醒来,已经天亮了。

他决定找母亲好好谈谈。他洗了脸,母亲却先把他拉到了一边,说:"今天是你 20 岁生日,妈送你一样礼物。"母亲说着就从背后拿出一个盒子来,正是飞鸽剃须刀。他呆了,说:"妈,你怎么送我这个?"母亲说:"你现在最需要这个了。平时你的胡子长了,总是拿一把剪子一根一根地剪,剪得长短不齐,用电动剃须刀,几下就弄好了。你正谈恋爱,总不能叫人家女孩子见了你的胡子笑你吧!"他笑了,接过了剃须刀,说:"妈,谢谢你!"他不由得埋怨自己以前多虑了,不就是看见了一把剃须刀嘛,怎么就胡思乱想,怀疑自己的母亲有外遇呢?要是母亲真有外遇,父亲会没有一点察觉?不会找母亲谈话?

母亲说:"听说这飞鸽剃须刀很不错,你先用用,明儿我给你爸也买一把!"听了这话,他就更开心了,看来母亲跟父亲的感情很好呀!母亲在家的日子少,那是因为她是经理,工作忙。如果母亲真不在乎父亲,又怎么会想着送父亲一把剃须刀?他说:"妈,你那么忙,就让我去买吧,到时候我拿回来给你,你送给爸就是了!"母亲笑着说:"还是我去买!我买的,才是我的心意!"母亲说的话没错,他听了就开心地笑了。

两瓶纯净水

放学的时候,男孩口干舌燥,他从书桌里拿出纯净水瓶子,任凭他把瓶子举得再高,却再也倒不出一滴水来。最后一滴水,也在上节课下课的时候被他喝掉。

看着同学们有的拿出一两瓶纯净水,有的拿出三四瓶纯净水,男孩就非常羡慕,眼睛瞪得老大老圆,他简直不敢相信这是事实。在男孩看来,这是一个奇迹。

已经连续三个月没下一场雨,到处都干得冒烟,学校那口老井,也抽不上来一滴水。每天,学校都发一瓶纯净水给大家。每天的纯净水,男孩都喝得精光。男孩想不到同学们一周下来居然能省下这么多瓶纯净水。

男孩渴得实在厉害,现在,他还得走十几里的山路回家,如果没有水喝,他想他走不回家。男孩掏出一块钱,他向同桌买一瓶纯净水。他的同桌,还有两瓶纯净水。开始的时候,同桌不肯卖,同桌告诉男孩说他的纯净水要带回家,母亲一瓶父亲一瓶。男孩于是再加一块钱,可同桌还是不肯卖。最终同桌经不住男孩的纠缠,还是卖了一瓶纯净水给男孩。

男孩接过纯净水,拧开盖子,咕咚咕咚地喝了两大口,然后心满意足地盖好瓶盖,背上书包,立即冲出了教室。

男孩回到家里的时候,天黑下来了。坐在门口的母亲见到男孩回来,赶紧进了屋。当男孩走进屋子的时候,母亲递过来一瓶纯净水。母亲说,孩子,拿着!男孩一愣,他说,妈,这是给我的?母亲点点头说,是给你的!男孩接过了纯净水,他的双手颤抖起来。

母亲见了,赶紧抓住男孩的手,问他,孩子,你怎么了?男孩赶紧说,妈,没事,没事!男孩没想到母亲会给他一瓶纯净水。同学们都知道省下水带回家送给父母,可是他却只顾自己喝水,一点都没想到母亲啊!男孩觉得自己对不起母亲。男孩听说因为天旱,纯净水都涨价了,他吃不准母亲买的这瓶水是什么价,便问母亲,妈,这瓶水多少钱?

母亲说,孩子,这水没要钱!男孩一愣,没要钱?这怎么可能?现在的水,珍贵得就像油呢!男孩盯着母亲。母亲说,真的没要钱!村里发的,发了两瓶。

原来是这样。可是,一周两瓶水怎么够?而母亲却舍不得喝,还要省下一瓶给他,男孩觉得自己太对不起母亲了。男孩想下周他一定要省两瓶纯净水带回来给母亲喝。

星期天下午,男孩回到学校,学校照旧每天发一瓶纯净水给大家。男孩不再像以前那样咕咚咕咚地喝水,他总是在非常口渴的时候才拧开盖子抿一口。抿一口,他也觉得非常舒服。他知道,他少喝一口水,母亲就能多喝一口水。他想母亲喝着他省出来的纯净水,一定非常非常幸福。

由于男孩省着喝水,当天的一瓶纯净水,他喝不完。第二天,他就继续喝,发的纯净水,他就留着。每当自己口渴的时候,他就将自己省下来的纯净水拿出来看看,看到纯净水,想到母亲喝水的快乐,他就不由得笑了,就觉得不那么渴了,就忍着不喝水。男孩发现,同学们都是这样做的。

一周下来,男孩总算省下了两瓶纯净水。那天回家的时候,男孩高高兴兴地把省下来的纯净水塞进书包,然后飞快地跑出了教室。一路上,男孩哼着歌儿走得飞快,他恨不得马上到家把两瓶纯净水送给母亲。

尽管男孩走得飞快,可是他到家的时候,天还是黑下来了。坐在门口的母亲见到男孩回来,赶紧进了屋。当男孩走进屋子的时候,母亲递过来一瓶纯净水。母亲说,孩子,拿着!男孩一愣,他说,妈,这是给我的?母亲点点头说,是给你的!男孩看看母亲,他没有接纯净水。

母亲看看男孩,一把将纯净水塞给男孩。男孩握着纯净水的手不由颤抖起来,母亲又省出纯净水给他啊!男孩说,妈,你还有水吗?母亲说,我有,我有!母亲转身去拿出一瓶纯净水,说,孩子,你看,我有呢!你就放心吧,现在村里天天都发纯净水,妈有水喝!

　　男孩看到母亲有纯净水,他没有急着把书包里的纯净水拿出来给母亲,他想等明天再给母亲。明天要是母亲没了水喝,要是她渴得非常厉害,那时再把纯净水拿出来给她,她一定高兴极了!

　　这天晚上,男孩喝着母亲给他的纯净水。在灯下,男孩突然发现水瓶上刻着三个字:刘小红。男孩不由一愣。刘小红,是他的同学,就住在他家附近。每个星期,刘小红都会省四瓶纯净水带回家。男孩顿时明白了,母亲给他的纯净水,并不是村里发的,而是从刘小红那儿买来的。显然,母亲一直都没有喝上纯净水。灯光下,男孩泪光闪闪。

　　第二天早上,男孩从书包里掏出了他省下来的两瓶纯净水,他对母亲说,妈,这是老师奖励我的,学校每天都发了一瓶水,我喝不了这么多,这两瓶水给你喝吧!男孩担心母亲拒绝他省出来的纯净水,只好这么撒谎。

　　没想到,母亲还是不肯收下。母亲说,孩子,老师奖励你的水,还是你喝吧!喝了好好学习,妈为你高兴呢!

　　母亲不肯收下男孩的纯净水,男孩只好作罢。但是在男孩去学校的时候,他还是将两瓶纯净水留在了家里,他在两个瓶子上面都贴着这样的纸条:妈,您这么关心我爱我,我没有什么报答您的,这两瓶纯净水,是我的一点心意,您就喝了吧!

　　母亲发现桌子上立着的两瓶纯净水时,她禁不住泪流满面。

她拿起瓶子，轻轻地拧开瓶盖，但她没有喝纯净水，而是将两瓶纯净水倒进了男孩曾经喝过的瓶子里。

后来，桌子上立着两个空的纯净水瓶子。瓶子上的纸条随风飞舞，母亲进进出出都会看上一眼。

这不是理由

一早，女人就出了门。女人去镇上的邮局，给儿子寄东西。儿子昨晚打电话说回不来了，因公司有事不让他走。三天前，儿子还高兴地打电话说要回来，可如今又说回不来了，女人失望，男人失望，儿子也很失望。

女人走了十几里的小路，总算到了镇上的邮局。女人对邮局的工作人员说："我要寄包裹！"工作人员说："你要寄什么？"女人放下背篓，从里面抱出一个大口袋，女人打开口袋给工作人员看，说："这是红薯条！"工作人员看了没有说话，给了女人包裹单。女人高兴地接过单子到一边填写起来。

很快，女人就将包裹单填好给了工作人员。工作人员看了单子，将女人的包裹称了重量，算了钱，说："一共42块钱！"女人听了大吃一惊，看着工作人员说："得42块钱？"工作人员说："是的！"工作人员又补充说："其实，这红薯哪儿都有卖，根本就用不着寄！那样太不划算了。有了这几十块钱，在城里都能买好多红薯了！"女人说："我知道，可我儿子就喜欢家里的红薯。每次回家来,他连肉都不吃,就喜欢吃红薯。不能寄红薯,就只好给他寄红薯条。幸好今年做的红薯条多,要不然,拿什么寄给他?全寄给他,让他慢慢吃,吃个够!"女人带着满脸的笑。

工作人员说:"你还是要寄的吧,那就交钱吧!"女人说:"当然要寄,全都要寄!不能因为邮费太多,不划算就不给他寄了,这不是理由!"女人说着就掏钱,掏出一张十元的,然后就全是一元的。女人将钱数了两遍,给了工作人员。

办理好了手续,女人说:"这包裹我儿子多少天能收到?"工作人员说:"一周吧,至少得一周!"女人说:"那就好,那就好!"

半个月过去了,年也过去了,那天,女人收到了一张包裹单,是儿子寄来的。儿子寄包裹来干什么?

女人赶紧拿着包裹单和身份证去取包裹。女人一取到包裹就迫不及待地打开了,女人一看,不由得一惊,是一包糖。女人很纳闷,儿子为什么寄一包糖回来?女人说:"哪儿不都有糖吗?这得花多少邮费呀?"女人突然发现糖里面有一张纸,女人拿起来打开看:

爸、妈:你们好!收到你们寄来的红薯条,我非常意外,非常高兴。这个春节,我没能回家,没想到还能吃上家里的红薯条。寄这么多来,邮费肯定不少吧?这么多红薯条,我一时吃不完,送了些给大家,大家都说好吃。爸、妈,谢谢你们!我前些日子买了一些糖,你们没有吃过,特别好吃,本想回家时带给你们吃,可后来回不成家,心想通过邮寄太不划算了,不就是一些糖吗?就放弃了。可是收到你们给我寄来的红薯条,我才知道,没有什么划算不划算,这不是理由,因此就把糖给你们寄回来了!爸、妈,希望你们喜欢这些糖……

看着看着,女人笑了,女人的眼里却突然涌出了泪水……

老房子　新房子

　　刘诚和大哥之前一直没有分家,如今,娘没了,爹也没了,是该分家了。刘诚提出分家,大哥立即就同意了。其实,大哥也早有分家的意思,只是因为有娘有爹在,这才一直没提。家里的锅碗瓢盆,这些都不要紧,最难分的,就是房子。房子有两座,一座老房子,一座新房子。老房子是土墙,屋顶是瓦片;新房子是楼房,上面是琉璃瓦。

　　要分家,主要就是分房子。老房子和新房子各一半,住起来不方便,而且会把问题留给后代。只能一人选一座,可谁都知道,选新房子好。怎么办?抓阄吗?好像只能这样!谁抓到老房子,就算他倒霉!刘诚找来两张纸片,分别写上"新房子"和"老房子",然后分别捏成一团,往桌上一扔,便盯着大哥。大哥盯着刘诚,没有动手。

　　刘诚想动手,心里却十分不安:先抓吧,弄不好抓到老房子,那就完了;后抓吧,万一大哥把新房子抓去了,那也完了。刘诚伸了伸手,就是伸不出去。大哥看到刘诚为难的样子,笑着说:"别抓了,我要老房子,你要新房子,你看怎么样?"大哥这话让刘诚吃了一惊,他想:大哥怎么选老房子,把新房子主动让给我?他可没这么好心,肯定有目的。刘诚突然想到曾听爹说老房子的地下有宝,莫非大哥知道地下有宝,这才选老房子?不行!老房子不能给他！于是刘诚说："哥，你要老房子，这样对你不公平，要不我要吧？"

"你要？"大哥听了一愣，显然，他没想到刘诚也会要老房子。见大哥发愣，刘诚心里吃不准了：这老房子的地下到底有没有宝啊？要是没有那就完了！这莫非是大哥使的计，他想要新房子，便故意说要老房子，让我上当，让我主动提出要老房子，这样他就可以轻松地得到新房子。哼，我才不上这个当呢！于是刘诚说："哥，算了，我也不跟你争，你要老房子就要老房子吧，我让给你！"

大哥笑了："好！"刘诚怕大哥反悔，两人当场写了协议，签了各自的名字。这下，刘诚放心了，这老房子是大哥主动提出要的，吃亏是他自己找的，不关我的事！得了新房子，刘诚高兴，当晚，他叫老婆弄了好酒好菜，一家人大吃大喝起来。这天晚上，刘诚喝醉了。

第二天早上，刘诚醒过来，听见大哥家里有响动，好像是在挖地，他赶紧上楼往大哥家看。这一看，吃了一惊，大哥家果然在挖地，挖的是院子。刘诚想：大哥挖院子干什么？莫非地下真的有宝？一想到宝，刘诚就觉得自己上当了：大哥提出要老房子，自己吃不准大哥的心思，主动一让，就成全他了啊！刘诚后悔不迭。

此后的几天，大哥每天都在挖地，挑着泥巴进进出出。刘诚又气又恨，几天几夜吃不好，睡不好。半夜，刘诚好几次爬起床，想拿着协议找大哥，可一想，这协议是自己让写的，现在大哥得了便宜，找他也无济于事。刘诚气，老婆也气，直骂他糊涂，谁都知道老房子没有价值，大哥选老房子，明摆着是冲着地下的宝。有了宝，啥新房子建不了？

后来的几天，刘诚天天都上楼盯着大哥家，只要大哥挖出了宝，他就去找大哥理论。经过几天的努力，大哥终于把院子翻了一遍，把泥巴挑了出来，却又挑了新的泥巴回去。就在刘诚纳闷的时候，大哥买了花草来栽在院子里。刘诚心想，大哥这是干什么呢？在家里栽花种草，没这么简单吧？

这天，刘诚实在忍不住了，就去了大哥家。此时，大哥刚好栽完了花草。刘诚说："哥，你栽这么多花草干什么啊？"大哥笑着说："为了你嫂子。"刘诚还是不明白。于是大哥告诉刘诚：他们在城里打工的时候，他说带老婆去公园，结果一直没去，后来老婆从脚手架上摔下来，摔断了腿，如今，公园去不成了，他就想着在院子里栽上花草，让老婆天天都能看到它们，闻到花香，让她觉得自己生活在公园里一样。此时，刘诚终于明白大哥为什么主动要老房子了。

两天后，刘诚将屋前的空地都栽满了花草，这样，大嫂出了门就能一眼看到它们。

最后的康乃馨

一大早，他就出了门，今天可是母亲节，昨天他在花店订了许多康乃馨，今天要去花店取康乃馨来卖。他本不是做买卖的人，但是他喜欢钱看重钱，于是就想趁母亲节这天卖康乃馨赚上一笔钱。

他背上康乃馨，来到广场口，那儿已经有两个卖康乃馨的人了。他找了个位置，坐了下来。

他眼巴巴地望着来来往往的人，对每一个从他身边经过的人，他都会说一声："买康乃馨吗？"匆匆忙忙的人，看也没看他一眼，就向前走去了。

他无奈，焦急地望着来来往往的人。母亲节只有一天，要是康乃馨在这天，特别是在上午卖不出去的话，那就不那么值钱了。

对面那两个人卖的康乃馨同他的没什么两样，偏偏他们的生意就好，卖了一束又一束。时不时的，他们还冲他笑一笑。他苦着脸，也向他们笑一笑。他想，你们别高兴得太早，时间还早着呢！谁的花最先卖完，还说不准呢！

时间一点点地逼近中午，他的生意还是没有好转。都过了十一点了，他才只卖出去三束康乃馨。看看对面那两人的康乃馨已经所剩无几，他只有埋着头，黯然神伤。他已经没了赚钱的信心，只盼望能早点把康乃馨卖出去。

就在这时，他的生意突然有了好转，买康乃馨的人来了一个又一个。康乃馨越来越少，他的脸也就越来越红润了。

终于，只剩下最后一束康乃馨了，他朝对面那两人望望，得意地冲他们笑笑。那两人脸上没有笑容，木偶似的望着他。

一个男人走过来，看了看他的康乃馨，说："你只有最后一束了？"他点点头说："你要，便宜点卖给你！"男人说："最后一束了还卖？你没母亲？"他说："有啊！"男人说："那你不把它送给你母亲？"他说："不用，不用！"男人看了他一眼，说："我不买了！"他说："半价要不要？"男人没有回答。

那束康乃馨，自从那个男人问了以后，就再也没有人问他了。

路过的人,看一眼就走开了。人们都想最后一束了,是别人挑剩的,嫌不好,当然不会买了。

等了很久,也卖不出去,他决定不卖了。

回到家里,他把康乃馨送给了母亲。母亲很高兴,说:"想不到我也收到康乃馨了!"他没有告诉母亲那是剩下的卖不出去的康乃馨。

这晚,父亲把他拉到一边说:"你还知道爱你妈,给她一束康乃馨。要是你不送她康乃馨,那你就太对不起她了!"他望着父亲没有说话。

父亲又说:"今天你在广场卖康乃馨,你妈在一边看,见你的生意不好,于是就花钱请人买你的康乃馨……"

父亲的话还没说完,他的眼泪就流了出来。

他知道为什么自己的康乃馨卖得快了,因为有母亲在一边帮他。

他庆幸最后的康乃馨没有卖出去,才有了给母亲的礼物,才让母亲得到了快乐。

没有缺席的爱

下午一点,年轻的修鞋匠坐在街边,静静地等候着顾客光临。此时,太阳正毒,街边有树,但修鞋匠却没有坐在树下躲阴,他想如果自己躲在树下,街对面的行人可能注意不到自己,只有在阳光下,才能引人注目,才能赢得生意。

修鞋匠的手艺很好,那是他祖传的手艺,可是他的生意并不好,一直都不好。在阳光毒辣的一点钟,街上行人稀少,偶尔路过的人,瞧他一眼,露出不屑的眼神,甚至带有几分嘲笑的意思。修鞋匠坐在街边,直流汗水,可是他却舍不得挪一挪。他只是不停地用手抹着脸上的汗水。可是他刚刚抹了脸上的汗水,又一股股的汗水在他脸上肆意地流淌着。他的双手因为修鞋沾了不少灰土,现在全都被他抹到了脸上,整张脸看上去就是一张大花脸,注意到他的路人,都会偷偷地笑。

修鞋匠知道自己的手脏,也知道自己的脸脏,可是他顾不得,他只能一次又一次地用手抹着脸上的汗水。他等待着自己的顾客。

一股又一股地冒汗水,修鞋匠渴了,他拿起了身边的纯净水瓶子,那是他捡来的纯净水瓶子,里面装的却是自来水,可是现在,瓶子已经空了。但他还是拧开了盖子,把瓶子倒了过来,伸出自己的舌头,他企图倒出一点点水,滋润一下自己的舌头,可是,他连一滴水也没有倒出来。他只得无奈地放下瓶子,拧好盖子,放回身边。

街对面有个摊,卖纯净水、卖雪糕、卖冰糕,可是修鞋匠看了看就低下了头,他当然不是没有钱,他是舍不得买。他知道,自己少花一分钱,就等于为家里多挣一分钱。给家里多一分钱,妻子和儿子就会多一份幸福。

修鞋匠又一次抹着脸上的汗水,等待着顾客光临。可是顾客没有等来,却等来了一场祸事。一辆小车开过来,轮子正好压上街边的一粒石子,石子飞射而出,刚好落在修鞋匠的脸上。修鞋匠顿时痛得"哎哟"一声大叫,他用手一摸右脸,一手的血。他吓住了。小车司机似乎并没有发现自己闯了祸,一溜烟跑了。可是,街边有人注意到修鞋匠受伤了,于是围了上来,而且很快就围了不少人。

恰好有记者开车经过,看到街边围了不少人,赶紧下车打听情况,得知修鞋匠被街上飞来的石子砸伤了脸,认为这是一个不错的新闻,立即就拿出摄像机对着修鞋匠要拍摄。修鞋匠一下子慌了起来,赶紧用双手遮住自己受伤的脸,紧张地说:"别拍,别拍!"记者说:"为什么不让拍? 我们可以让你上电视,可以为你讨回公道!"修鞋匠说:"一点小伤,几天就好了!"可是记者却不肯放弃,他说:"伤到的是你的脸,怎么能算是小伤呢? 就算治好了,也会留下永远的疤痕!"

记者说完就用手去拉修鞋匠的手,可是修鞋匠却用手紧紧地捂着自己的脸,他说:"求求你们,别拍好吗?"记者感到奇怪,问他说:"你是怕讨到了公道对方报复你?"修鞋匠说:"不是! 我是怕上电视!""怕上电视? 上电视有什么好怕的?"记者更加奇怪了。没出事的人想上电视出名,出了事的人争着上电视讨说法,修鞋匠出了事却怕上电视,又不是他闯了祸,围观的人都睁大了眼睛,大家都觉得这个修鞋匠傻。

修鞋匠看了看大家说:"我要是上了电视,要是家里人看到了,知道我的脸被飞来的石子弄伤了,他们肯定会非常担心。他们会想我伤得到底有多严重,能治好吗? 得花多少钱呢?"记者赶紧问道:"你家里人也看我们这档节目?"修鞋匠说:"我不知道他们看不看。就算他们看不到,可是总有人会看到,别人看到了,认出了我,然后就会告诉家里人! 我求求你们,别拍我,我不想上电视,不想让我的家人担心我!"记者只好放弃了拍摄。

可是这天晚上,关于修鞋匠被街上飞来的石子砸伤的新闻依然报道了。主持人除了提醒大家以后在街上行走小心之外,同时希望肇事的小车司机能够回去对修鞋匠做出一定的赔偿。最后,主持人还说:"我们的记者原本是想拍摄受伤的修鞋匠的脸的,可是修鞋匠却一再用双手遮住自己的脸,他告诉记者说不想让家里人看到他受伤的样子,不想让家里人为他担心,所以,记者最后只好放弃了拍摄。虽然在这则新闻中这位修鞋匠缺席了,但是他的爱却没有缺席。他的爱,让我们感动。我们每个人都会有受到伤害的时候,无论是身体上还是心灵上的伤害,我们都应该像这位修鞋匠一样,把自己的伤害藏起来,不让自己的家人因为我们的伤害而受到伤害!"

电视机前的观众,都为这位修鞋匠没有缺席的爱感动得流下了眼泪。

爸爸坐的火车慢

儿子天天盼着爸爸回来,可是一直不见爸爸的影子,儿子很想很想爸爸了。别的孩子的爸爸纷纷回来了,可是他的爸爸呢,为什么还不回来,儿子不明白,他天天坐在门口等,趴在窗口看。

女人看到儿子等待爸爸的样子,心里十分难受,因为他的爸爸再也不会回来了。一场意外,儿子的爸爸死了,最终连遗体也没有找到。女人一直瞒着儿子,一直跟儿子说爸爸春节过年才回家。可眼下快春节了,儿子盼爸爸盼得一天比一天厉害。怎么跟儿子说呢?说爸爸死了,不会回来了,他失去了爸爸?这样说当然不行。儿子要是知道他从此没有了爸爸,不知道有多伤心呢!

眼看春节一天天地临近,儿子还是没有见到爸爸的影子。终于,儿子问女人:"妈妈,爸爸今年春节不回来吗?"女人说:"他会回来的,已经在火车上了。"儿子跳起来:"爸爸坐火车了,爸爸快回来了。他什么时候能到家呢?"女人想了想说:"我也不知道。一天,两天,十天,或者更长的时间。"儿子说:"我等他。"儿子蹦蹦跳跳地跑开,又到窗口看。也许,他认为爸爸会突然出现在楼下,他要第一时间看到爸爸。女人捂着脸,流下泪水。她实在不忍心欺骗儿子,可是她不能不骗他。

过年了,儿子的爸爸当然还是没有回来。儿子很着急,因为这个春节没有爸爸和他一起过。儿子问女人:"妈妈,为什么爸爸还没到家?爸爸是不是骗了我们?"女人说:"爸爸怎么会骗我们呢?他肯定还在火车上……""还在火车上?爸爸坐的火车很慢吗?"儿子仰着头问。女人说:"是的,爸爸坐的火车慢。并且,火车要经过很多地方之后才能到家。"

女人找出一幅地图,告诉儿子这是地图。女人指着地图上纵横交错的铁路对儿子说:"你看,这些就是铁路,爸爸坐的火车都要经过这些地方,从南方开始启程,一直往北,再往西,再往南,一圈一圈地走,一条一条地走。"儿子说:"这么多路,这得走多久啊!"女人说:"是啊,得走多久啊!并且,路上会堵车。堵车你知道吗?"儿子说:"我知道。"女人说:"遇到堵车的话,就会走更久。你别着急,反正爸爸已经坐在火车上了,爸爸有一天会到家的。"

儿子点头："我等他。"

转过身,女人抹着泪水。她一次次欺骗不懂事的儿子,心里十分难受。她想,假如可以选择,她宁愿死去的是自己,因为儿子需要爸爸。

每隔一段日子,儿子就问女人爸爸的事,他说他想爸爸,他要爸爸。女人告诉儿子说爸爸坐的火车慢,可能还遇上了堵车,总之,爸爸在车上了,就快到家了。可是随着日子一天天过去,儿子一天天长大,他追问女人爸爸的事越来越紧。女人想,给儿子找个爸爸吧。儿子不能永远没有爸爸。毕竟她也还年轻。等儿子长大了,再把真相告诉他。年幼的儿子,现在经不起打击。

于是女人开始相亲。她对对方没有别的要求,唯一的要求就是对方必须长得像儿子的爸爸。只有像儿子的爸爸,才能骗过儿子。女人一次次相亲,一次次失望。女人不放弃,她想世上总有跟儿子的爸爸长得像的人,只要她肯找,只要找下去,就一定能找到这个人。

城里找,乡下找,市内找,市外找。功夫不负有心人,女人终于在省城找到一位跟儿子的爸爸长得像的男人。男人愿意接受女人,愿意接受儿子。

那天,男人提着包敲开门,他一进门就说:"我总算到家了。这火车太慢了!"儿子呆在那里,看着男人。男人上前蹲下身子,他说:"小强,你不认识爸爸啦?"儿子扑进男人的怀里,大声叫着:"爸爸,爸爸!"男人笑了,女人也笑了。

女人忙着做午饭,男人和儿子在客厅里嘻嘻哈哈地说话打闹。突然,客厅里的打闹声消失了。女人走出厨房,这时,她发现男人和儿子去了儿子的房间,似乎在说着什么悄悄话。女人悄悄地走过去。儿子说："我知道,你不是我爸爸。我爸爸早就不在了,我早就听人说了。一直以来,妈妈都在骗我。妈妈怎么骗我,我都装作什么都不知道。我知道,妈妈骗我,是不想让我难过。我想妈妈失去了爸爸,心里一定很难过。我想她需要爸爸,于是一直以来,我都找她要爸爸。问急了,她就会为我找一个爸爸。现在,她为我找来了你。虽然你不是我爸爸,但是,只要你对我妈妈好,对我好,我就会把你当爸爸。这件事,请你不要告诉妈妈……"

门外的女人呆住了。原来,儿子知道他失去爸爸的真相,儿子一直想爸爸,向她要爸爸,是想让她重新再找一个男人生活——儿子不想让她一个人难过。那一刻,女人的眼里泪花闪闪。

真正的圣诞老人

再过一天,就是圣诞节。现在,城里人都流行过圣诞节。今天,他要当圣诞老人。他买了一棵圣诞树。在他的口袋里,躺着三个红包。他要去两位上司和一位熟人家里送圣诞树,送红包。他们对他举足轻重,他认为他们决定他的前途、他的命运、他的幸福。所以,他必须去。

他带着圣诞树首先去了第一位上司家。上司刚好在家。上司看到他,好像一点也不意外。上司看到他带来的圣诞树,说,你这是……他笑着说,过圣诞节了,给你们送棵树过来。他把圣诞树搬进了屋子。上司说，可是我家已经有圣诞树了。上司说着指给他看。在屋子的一角，果然摆着圣诞树，而且是三棵。显然，它们不是上司买的，是别人送的。他说，你就收下吧，多一棵也好。上司摇摇头，上司说，多了占地方，还是不要了，你搬回家吧！上司没有请他坐，没有给他倒茶，没有给他递烟。上司显得很不耐烦。也许，上司家里即将来重要的客人，上司不希望他待在这里。他很识趣。他掏出一个红包，里面装着 600 块钱。他把红包塞给上司的孩子，他说过节了，这是给孩子的圣诞礼物。上司说，怎么能要你的礼物呢？上司没有叫孩子还给他。孩子也没有还的意思，孩子说，谢谢叔叔！就这一句谢谢，他就觉得足够了。他跟上司告辞，搬着那棵圣诞树，退出屋子。

尽管上司没有收下他的圣诞树，但是他去送过了，还给了孩子红包，上司就会明白他心里有他这个上司。他想他的目的达到了。

他搬着圣诞树，来到了第二位上司家。上司刚好在家。上司看到他，好像知道他要来似的。上司看到他的圣诞树，好像一点也不意外。他笑着说，过圣诞节了，给你们送棵树过来。他把圣诞树搬进屋子，想找个位置放下。可是他一眼就瞧见了屋子一角的两棵圣诞树，他呆了。上司说，你都看到了吧，我家已经有两棵了，你还是搬回家吧。他说，多一棵没关系吧，你看我都带来了。上司说，多了占地方。显然，上司已经不在乎他的圣诞树了。上司需要的，不是一棵圣诞树。他掏出一个红包，里面同样装着600 块钱。他把红包塞给上司的孩子，他说，过节了，这是给孩子的圣诞礼物。上司说，怎么能要你的礼物呢？上司没有叫孩子还给他。孩子也没有还的意思，孩子说，谢谢叔叔！孩子高兴，上司也就高兴。他觉得足够了。他想这个上司也举足轻重,肯定还会有客人来,他向上司告辞,搬着那棵圣诞树,退出屋子。

尽管这位上司也没有收下他的圣诞树,但是他送过了,还给了孩子红包,上司就会明白他心里有他这个上司。他想他的目的达到了。

他搬着圣诞树,来到了熟人家。熟人说,你来了。来了就来了吧,带圣诞树来干啥?他说,过圣诞节了,给你们送棵圣诞树过来。他把圣诞树搬进屋子,想找个位置放下。可是他一眼就瞧见屋子一角放着一棵圣诞树,他心里有些凉,他怕熟人不要。果然,熟人说,你瞧,都有一棵圣诞树了,你还是搬回家去吧。他说,多一棵没关系,两棵正好呢!孩子说,两棵正好,爸,收下,收下。熟人没说话。他上前说这孩子真乖。他掏出最后一个红包,里面同样装着600块钱。他把红包塞给孩子。他说,过节了,这是给孩子的圣诞礼物。熟人说,怎么好意思呢?熟人没有叫孩子还给他。孩子也没有还的意思,孩子说,谢谢叔叔!他笑了,他没有坐,他看到熟人的妻子正提着包,像是要出门的样子。也许,他们根本就不出门,只是想让他识趣地离开。他跟熟人告辞,退出屋子。

快吃晚饭的时候,门铃响了,他去打开门,是母亲。母亲背着一个大包,母亲的身边,放着一棵圣诞树。他很吃惊,他说,妈,你怎么来了?母亲说,听说城里流行过圣诞节,我就给你们送棵圣诞树来。他把圣诞树搬进屋子。

母亲进门,换了鞋子,放下背上的大包。打开包,母亲掏出一袋鸡蛋,叫起来,哎呀,碎了两个。母亲又掏出一袋青菜,母亲说,这是自家种的,绝对的绿色蔬菜。母亲再掏出一袋花生,母亲说,知道你喜欢花生,想多带点,可是带不走。

母亲来他这里,从村里要走七八里小路,到镇上坐车到县城,然后坐公交车到另一个汽车站,再坐车到达这座城市,最后再坐公交车到他家楼下。母亲背这么多东西,不容易啊!他说,妈,你怎么不打电话告诉我一声,我好来接你?母亲说,怕你忙,反正我也走不丢,不能因为我耽误了你的事!

他说,妈,你坐!母亲没坐,拍拍双手,掏衣袋,掏出一个小布袋,打开,从里面取出一团纸。母亲把纸团拆开,取出一沓百元大钞。母亲说,城里生活不容易,你们又要还房贷,这是我积攒的3000块钱,你们拿去花吧。母亲说着就把钱往他手里塞。他说,妈,不要,不要!母亲说,拿着吧。母亲硬是把钱塞进他的衣袋。母亲说,有啥需要我帮忙的,尽管说。

他上前一步,抱紧母亲,叫着,妈!妈!妈!他的眼泪夺眶而出。

今天,他把自己当作圣诞老人,送礼物给别人,可是人家并不把他当圣诞老人,他们似乎都知道他会去,他们都明白他去的意思。他去,是因为他们对他举足轻重,他认为他们决定他的前途,决定他的命运,决定他的幸福。而母亲,并没有把自己当作圣诞老人,她给他礼物,是无私的,是慷慨的。母亲并不需要他报答她什么,她只是希望他能过得幸福。他不是圣诞老人,母亲才是真正的圣诞老人。

墙

　　男人的房屋在城边，屋门前有一堵墙，一堵 30 米长的墙。墙那边原来有一家工厂，后来工厂破产了，厂房被夷为平地，种上了庄稼。但不知是怎么回事，那堵墙却一直存在。

　　男人不高兴的时候，就坐在屋门前吹风晒太阳，还抽烟。男人很想推倒那堵墙，看看那边的庄稼和风景，但男人一直没有付诸行动。男人担心自己真的推倒了墙会惹出麻烦，男人想让墙自己倒。可是墙一直没有倒。

　　这天，男人跟妻子吵了嘴，他很不高兴，于是就坐在屋门前抽烟。突然，一个高个男人从墙下经过。男人一眼就认出了高个男人。年轻的时候，他和高个男人一起追一个女孩，但女孩最终选择了高个男人。男人一直记恨高个男人，他想要是没有高个男人跟他争女孩，女孩就是属于他的。

　　男人这时特别希望墙倒下来，把高个男人砸死。但墙没倒，墙好好地立着。

　　男人说，倒！倒！倒倒倒！但墙没倒，还是好好地立着。

　　男人又说，倒！倒！倒倒倒！男人嘴里说着倒，双手还猛地往前推去，好像他是一个武林高手，一下子就能把墙推倒。但墙没倒，还是好好地立着。男人又不住地叫着倒，不断地做着推墙的动作，可墙还是没倒。

高个男人走过 10 米,走过 20 米,走过 30 米,墙仍没倒。男人很失望,男人说,墙咋就不倒呢？男人这时生墙的气了,他恨不得过去把墙推倒。

男人不高兴的时候,就会在屋门前抽烟。这天,男人又不高兴,他又在屋门前抽烟的时候,一个胖男人从墙下经过。男人一眼就认出了胖男人。胖男人是男人以前工厂的厂长,在工厂减员的时候,男人被裁掉了。后来许多人都说男人没给厂长送礼,不被裁掉才怪。男人为此恨透了胖男人。没想到今天胖男人会从他眼前经过,他觉得机会来了。

男人这时特别希望墙倒下来,把胖男人砸死。但墙没倒,墙好好地立着。

男人说,倒！倒！倒倒倒！但墙还是没倒,还是好好地立着。

男人又说,倒！倒！倒倒倒！男人嘴里说着倒,双手还猛地往前推去,好像他是一个武林高手,一下子就能把墙推倒。但墙没倒,还是好好地立着。男人又不住地叫着倒,不断地做着推墙的动作,可墙还是没倒。

胖男人走过 10 米,走过 20 米,走过 30 米,墙仍没倒。男人很失望,男人说墙咋就不倒呢？男人这时生墙的气了,他恨不得过去把墙推倒。

男人不高兴的时候很多,因此,他在屋门前抽烟的时候也就很多。了解男人的人,看到他在屋门前抽烟,就知道他不高兴了,都不敢跟他说话,怕惹来麻烦。当然,男人不高兴的时候也不会理别人,哪怕是熟人。

这天,男人又不高兴,又在屋门前抽烟。这时,来了一个女人,尽管女人的年龄不小了,但女人很耐看。男人一眼就把女人认出来了。男人年轻的时候喜欢过女人，追求过女人，送过花还送过许多小礼物，可是女人最后拒绝了男人，女人嫌男人的职业不好。女人拒绝了男人，男人一直怀恨在心。

男人这时特别希望墙倒下来，把女人砸死。但墙没倒，墙好好地立着。

男人说，倒！倒！倒倒倒！但墙还是没倒，还是好好地立着。

男人又说，倒！倒！倒倒倒！男人嘴里说着倒，双手还猛地往前推去，好像他是一个武林高手，一下子就能把墙推倒。但墙没倒，还是好好地立着。男人又不住地叫着倒，不断地做着推墙的动作，可墙还是没倒。

女人走过 10 米，走过 20 米，走过 30 米，墙仍没倒。男人很失望，男人说，墙咋就不倒呢？男人这时特别生墙的气了，于是男人起身走了过去，男人伸出双手，想推一把墙。男人的双手还没有挨着墙，墙就倒下来了。猝不及防的男人被倒下来的墙砸在下面，连哼都没哼一声。

不久，男人的妻子出门看到墙倒下来了，她还看到了地上漫延的血，不由吃了一惊，便跑过去看，一看就大叫起来，来人啊，来人啊！

叫声惊动了周围的邻居，人们纷纷跑出门来，看到墙倒下来了，都吃惊地说，墙倒了？墙怎么就倒了？人们上前把墙翻开，翻出了血肉模糊的男人，可是男人早已没有了呼吸。

房　子

　　爷爷去干活,父亲闹着也要去,爷爷不让父亲去,爷爷说他去挣钱。

　　父亲问,你挣钱干什么? 爷爷说,挣钱修房子。父亲说,我们不是有房子吗? 爷爷说,我们要修新房子。现在,爷爷的房子还是草棚,爷爷想要一座真正的房子,墙壁是土墙,屋顶是瓦片,房前有花,屋后有树。

　　父亲说,我也要去,我也要去! 爷爷说,你去了,能干活吗? 别给我捣乱,回去吧! 爷爷瞪着父亲。父亲还是不肯回去,父亲说,我就要去,就要去! 爷爷扬起了巴掌。父亲见了,这才转了身,恋恋不舍地看着爷爷远去。

　　晚上,爷爷回家,父亲缠着爷爷又蹦又跳。累了一天的爷爷十分疲惫,看着快乐的父亲,爷爷就不觉得那么累了,爷爷想就是拼了命,也要为父亲挣一座房子。

　　爷爷每天早出晚归,拼死拼活,十年之后,爷爷终于挣够了钱,为父亲修了一座新房子。墙壁是土墙,屋顶是瓦片,房前有花,屋后有树。父亲十分喜欢这样的房子。村里人都羡慕父亲家里有这样的房子。

　　父亲就在这样的房子里生活,娶妻生子。然后,父亲开始挣钱,拼命地挣钱,父亲要让儿子过好日子,父亲想让儿子成为城里人。

父亲出远门，儿子闹着也要去，父亲不让儿子去，父亲说他去挣钱。

儿子问，你挣钱干什么？父亲说，挣钱买房子。儿子说，我们不是有房子吗？父亲说，我们要在城里买房子，让你做城里人。做城里人，不用种庄稼，不用脸朝黄土背朝天，每天出门就是大街，下再大的雨也不用担心会弄一身稀泥巴。

儿子说，我也要去，我也要去！父亲说，你去了，能干活吗？别给我捣乱，回去吧！父亲瞪着儿子。儿子还是不肯回去，儿子说，我就要去，就要去！父亲扬起了巴掌。儿子见了，这才转了身，恋恋不舍地看着父亲远去。

父亲去了远方，很少回家，有时一年回两次，有时两年回一次。每次回家，父亲都会带回来很多钱。父亲把钱交给母亲，让母亲存着。看到那么多钱，儿子很兴奋，他说父亲真能干。父亲听了儿子的话，把儿子抱起来，哈哈大笑。

父亲拼死拼活，十几年之后，父亲终于挣够了钱，然后为儿子在城里买了一套房子。房子临街，能看到商店，看到汽车，十分热闹，儿子十分喜欢。

儿子成了城里人，儿子不用种庄稼，也不用出远门，儿子就在城里工作，并且他还娶了城里的姑娘做老婆。儿子很幸福。儿子没忘记父亲母亲，他常常打电话叫父亲母亲到城里来玩。可是父亲母亲住不惯，来一两天就走，怎么留都留不住。

儿子也有了孩子。儿子也有了负担。儿子努力地工作，拼命地挣钱。儿子的压力很大，他每天很早就出门，很晚才回家。

孩子问儿子，爸爸，你是不是很累？儿子笑笑说，不累！孩子说,我知道你在挣钱,你想挣那么多钱干什么?儿子说,给你买房子。孩子说,我们不是有房子吗?儿子说,我要在省城给你买房子。孩子高兴地拍着手说,好哦,我就要去省城!听说省城好漂亮,好多人都往省城搬!

儿子太累了,他经常病倒。可是为了孩子,他不得不拼命。因为他知道,仅凭孩子一个人努力,要在省城买房子,好难好难。

二十年之后,孩子在省城买了房子。儿子出了一大半的钱。儿子想着孩子在省城,就无比欣慰。

然而,让儿子没想到的事发生了。不到一年,孩子就把省城的房子给卖了。孩子回到了爷爷的乡下。

儿子问孩子,你怎么不在省城,跑到乡下来?孩子说,省城不好找工作,省城的空气不好,省城的噪声太大,省城的生活质量太差,现在的有钱人,都流行住乡下。

孩子在乡下承包了土地,种起了大棚蔬菜。孩子还在旁边搭了草棚。每天,孩子都吃住在草棚里。

爷爷见了叹息不已,自言自语,天啊,绕了一大圈,又回来住草棚当农民了!

打　工

男人在城里打工,女人在家照顾儿子。儿子读小学,成绩很优秀,每次考试都是第一名。儿子每次考了第一名,一回家就告诉女人,然后让女人给男人打电话。男人得知儿子考了第一名,就非常高兴,然后就给家里寄钱回来。然后,女人就给儿子买吃的买穿的。

假期,同学们都去了父母打工的地方玩,儿子也想去男人那儿,但女人不同意。儿子于是留了张纸条给女人,悄悄地离家出走了。

儿子知道男人所在的城市,他用平时积蓄的零花钱买了火车票,来到了男人打工的城市。

从火车上下来,儿子看到很多乞丐。乞丐们一见人们走出火车站,就围了上去。有几个乞丐还围着儿子,敲打着自己的瓷碗,希望儿子扔几个钱给他们。儿子当然没给,他快步向前走去。

儿子走了几步,看到一个乞丐,他惊呆了,那是男人。儿子想,男人怎么可能是乞丐呢?他不是说在城里打工吗?儿子擦擦眼睛,他定睛一看,那个乞丐真的是男人。儿子走过去,真的没错,他就是男人。儿子轻轻地叫:"爸!"

男人一愣,随即就笑了,把儿子抱起来:"儿啊,你怎么来了?"儿子说:"爸,我来看你!"男人听儿子说来看他,笑得更灿烂,抱着儿子转了好几圈才将儿子放下来。

儿子问男人:"爸,你不是说在城里打工吗?怎么当乞丐啊?"男人笑着说:"我这就是在打工啊!很来钱的!有给一块两块的,也有给五块十块的。一天下来,轻轻松松挣一百多!"

儿子吃了一惊:"钱这么容易挣?"男人说:"当然啦!"男人掏出几十块钱给儿子,叫他自己去玩,说他还要上班。儿子说:"爸,你能不当乞丐吗?"

男人说:"怎么啦?"儿子说:"要是大家知道你在当乞丐,我和妈妈会很没面子的!"男人说:"什么没面子? 有钱就有面子!我要不是当乞丐,能有那么多钱给你买吃的买穿的,能让你比别人过得幸福吗?"儿子听了想想也是。儿子然后走开了。

儿子在城里玩了好几天才回家。

回到家里,女人问儿子:"你看到你爸了?"儿子说:"看到了!"女人问儿子:"你爸很辛苦吧?"儿子说:"不辛苦!"女人说:"打工怎么会不辛苦呢?"儿子把男人当乞丐的事告诉了女人,女人听了张大了嘴巴,但最终她接受了男人当乞丐的事实,她觉得只要有钱,就什么都好。

村里有人问儿子:"你爸在城里干什么?"儿子说:"打工!"村人再问儿子:"打什么工?"儿子说:"当包工头!"村人听了无比羡慕。

儿子的成绩一直很好,然后他读中学,读大学。大学毕业后,儿子留在了省城。儿子工作了,他打电话告诉女人他的工作很好,每个月能挣几千块钱,他让女人别种庄稼了。

女人当真不种庄稼了。女人成天打麻将。

有一天,女人想儿子了,于是她悄悄坐火车来到省城。女人来到儿子所说的那个公司,然而,门卫却告诉她没儿子这个人。女人心想儿子怎么骗她呢? 女人想给儿子打个电话,却发现自己没有带儿子的手机号码。

女人在街上走着走着,走到商场门口,她看到一个乞丐,乞丐很像儿子。女人摇摇头,她想那乞丐肯定不是儿子,儿子怎么可能当乞丐呢? 儿子是大学生啊!

女人擦擦眼睛,定睛一看,那个乞丐真的是儿子。女人走过去,真的没错,他就是儿子。女人轻轻地叫:"儿子!"

儿子一愣,随即就笑了,他说:"妈,你怎么来了?"女人说:"我来看看你! 你不是说在公司上班吗? 怎么当乞丐啊?"儿子说:"公司上班太辛苦,工资也低。我这也是上班,很来钱的。有给一块两块的,也有给十块二十块的。一天下来,轻轻松松挣两百块!"

女人吃了一惊:"钱这么容易挣?"儿子说:"当然啦!"女人说:"你能不当乞丐吗?"儿子说:"怎么啦?"女人说:"要是大家知道你在当乞丐,我和你爸会很没面子的!"儿子说:"什么没面子? 有钱就有面子! 我的同学都羡慕我呢! 有好几个同学也想当乞丐呢!"然后,儿子掏出几百块钱给女人,让她四处转转,说他还要上班。

女人走了。女人回了村里。女人告诉村里人说儿子在一家公司当主管,工作轻松,挣很多钱。说这话的时候,女人满脸的得意。村人听了无比羡慕,大家都希望自己的儿子也这么有出息。

劝 阻

刘勇志和父亲上街。他们走着走着,前面的一位老人突然倒在地上。刘勇志吓了一跳,赶紧跑过去,要扶老人起来。父亲大吼一声,你别动他!

刘勇志回头问,为什么? 父亲跑上前,拉住刘勇志的手说,不能动! 刘勇志再问,为什么啊? 父亲说,动不得! 动了他,他的儿子和女儿会找麻烦！

老人躺在地上一动不动，看样子昏过去了。起着寒风，地上冰冷，刘勇志说，我们得救他！要是他有病，这样会没命的！父亲紧紧地拉住刘勇志说，不能救！

路人围过来，大家指指点点，议论纷纷，但没有一个人肯上前扶老人起来，甚至连打电话叫急救和报警都没有做。老人就一直躺在地上。路人一直看着，等待着结局。

路人越来越多，挤了个水泄不通。刘勇志再一次对父亲说，我们得救他！否则，他会没命的！父亲说，大家都不救，我们也不能救！谁救谁倒霉！父亲把刘勇志拉离了现场。

回家的路上，父亲对刘勇志说以后遇到这样的事，都不要管。父亲说现在的骗子太多，就算老人不骗人，可是他的儿子和女儿就很难说了。父亲甚至举了一个例子，说有人看到一位老人倒在地上，就跑去扶老人，结果老人的儿女硬说是那人撞倒了老人，硬是让那人赔了一笔钱。刘勇志听了感到害怕，他庆幸父亲及时拉住了他。

后来的一天，刘勇志和同学马军上街。他们走着走着，突然前面的一位老人倒在地上。马军吓了一跳，赶紧跑过去，要扶老人起来。刘勇志大吼一声，你别动他！

马军回头问，为什么？刘勇志跑上前，拉住马军的手说，不能动！马军再问，为什么啊？刘勇志说，动不得！动了他，他的儿子和女儿会找麻烦！

老人躺在地上一动不动，看样子昏过去了。起着寒风，地上冰冷，马军说，我们得救他！要是他有病，这样会没命的！刘勇志紧紧地拉住马军说，不能救！

路人围过来，大家指指点点，议论纷纷，但没有一个人肯上前扶老人起来，甚至连打电话叫急救和报警都没有做。老人就一直躺在地上。路人一直看着，等待着结局。

路人越来越多，挤了个水泄不通。马军再一次对刘勇志说，我们得救他！否则，他会没命的！刘勇志说，大家都不救，我们也不能救！谁救谁倒霉！刘勇志把马军拉离了现场。

走的时候，刘勇志对马军说以后遇到这样的事，都不要管。刘勇志说现在的骗子太多，就算老人不骗人，可是他的儿子和女儿就很难说了。刘勇志给马军举了父亲说的那个例子，说有人看到一位老人倒在地上，就跑去扶老人，结果老人的儿女硬说是那人撞倒了老人，硬是让那人赔了一笔钱。马军听了感到害怕，他庆幸刘勇志及时拉住了他。

后来的一天，马军和同事张治海上街。他们走着走着，突然前面的一位老人倒在地上。张治海吓了一跳，赶紧跑过去，要扶老人起来。马军大吼一声，你别动他！

张治海回头问，为什么？马军跑上前，拉住张治海的手说，不能动！张治海再问，为什么啊？马军说，动不得！动了他，他的儿子和女儿会找麻烦！

老人躺在地上一动不动，看样子昏过去了。起着寒风，地上冰冷，张治海说，我们得救他！要是他有病，这样会没命的！马军紧紧地拉住张治海说，不能救！

路人围过来，大家指指点点，议论纷纷，但没有一个人肯上前扶老人起来，甚至连打电话叫急救和报警都没有做。老人就一直躺在地上。路人一直看着，等待着结局。

路人越来越多，挤了个水泄不通。张治海再一次对马军说，我们得救他！否则，他会没命的！马军说，大家都不救，我们也不能救！谁救谁倒霉！马军把张治海拉离了现场。

走的时候，马军对张治海说以后遇到这样的事，都不要管。马军说现在的骗子太多，就算老人不骗人，可是他的儿子和女儿就很难说了。马军给张治海举了刘勇志说的那个例子，说有人看到一位老人倒在地上，就跑去扶老人，结果老人的儿女硬说是那人撞倒了老人，硬是让那人赔了一笔钱。张治海听了感到害怕，他庆幸马军及时拉住了他。

后来，来了警察，警察扶起躺在地上的老人。因为老人有病，因为跌倒，因为时间太久，老人错过了抢救的时机，他已经去世。最后，警察从老人的衣袋里找到了一个电话号码，便打了过去。很快，刘勇志来了，他扑在老人身上，号啕大哭，爸——

富　翁

老罗的心情很郁闷。老罗一心想成为一个富翁，住别墅开小车。可如今都 60 岁了，却还没能成为富翁。老罗知道自己这辈子都不可能成为富翁了，就精神不起来了，天天待在家里，不是躺在沙发上看电视，就是躺在床上唉声叹气。老罗的老伴和儿子儿媳看在眼里，急在心里，成天给他好吃好喝的，哪想到如此一来，老罗就更气了，还骂人。把钱拿来花了，那不是更穷了吗？后来，家里人都不理他了，随便他怎么样。就这样，老罗一个人在家里闷了半个月,越想越想不通,越想越气,越想就想死。

这天下午,老罗出了门,准备一了百了。出门的时候,孙子缠着老罗,要老罗带他出去玩。孙子很可爱,老罗见不带孙子,孙子要哭,只好把孙子带上了。

老罗还没走出一条街,就遇到了老张,老罗工作时的同事,很要好的一个朋友。老张见到老罗就说,老罗呀,都半个月没见你了,也没一点消息,我还以为你那个了呢!老罗见老张走路一瘸一拐的,便说,老张呀,你这是怎么啦?老张说,哎呀,倒霉!前些日子下楼的时候,不小心摔了一跤,在医院躺了几天,总算能走了,只是这腿落下了毛病,晚上总痛,痛得不能睡觉。照这么下去,我怕是活不长了!老罗说,别这么想,你这不是好好的吗?老张说,趁着还能出来走走,今天又碰上了你,我看叫老刘他们几个也出来喝喝茶,大家聚一聚,聊一聊!老罗知道今天带着孙子,怕是死不成了,不如再跟几个老朋友见一面,也是好的,于是就说,行呀!然后老张就掏出了手机打电话。

老张打老刘家的电话,好一会儿才有人接。老张说,是老刘家吗?我是老张,叫老刘接电话!对方说,老刘不在了,走了五天了。老张吃了一惊,老刘不在了?前不久我还见着他好好的呀!对方说,他前几天出车祸了!老张说,真是想不到,唉……

挂了电话,老张对老罗说,唉,这老刘走了,被车撞的,想不到他比我还倒霉!老罗说,这人太没意思了,说走就走!老张说,是呀!老张然后又给老李和老马打电话。

很快,老李就来了。老李一坐下就说起来,你们兴致挺高呀,想到出来喝茶!唉,我可烦死了,我家老大居然去养情人,我的女儿偏偏又去做别人的情人,都闹着离婚呢!天天上门来找我,又吵又闹的。我女人也不争气,天天去赌,这不,都欠了人家几万块钱了,天天有人上门来要钱,不给钱就赖着不走。我在家里可是没一点安稳的,就是出门,也有人跟着我。刚才呀,我就是对人家说我出门来借钱,人家才让我出来,这不,都跟着我呢!瞧吧,那边的两个小伙子,凶神恶煞地看着我呢!我说两位老朋友呀,你们能不能借我一点钱呀,再这么下去,我这日子是没法过下去了!老李说着就掉眼泪。老李这话把老张和老罗说得直叹气。老张说,我说老李呀,钱我倒是可以借一些给你,可还得等几天才行!老罗说,我也可以借点给你,但不多,都是我的养老钱!老李说,那我就先谢谢两位了!

接着,老马也来了。老马一脸的忧郁。老张三人见状便问,老马,你这是怎么了?老马说,怎么了?我老伴得病了,动了手术,花了上万的钱,可不见好,只怕活不了几天了!她要是死了,我一个人生活,那日子怎么过?你们都是知道的,我那儿子自从娶了老婆就从来不管我们,就是连他妈住院了,也只来看看就走了,说什么生意忙。他干着那么大的生意,一年数十万的收入,还买了别墅和小车,可来看他妈,居然才给 500 块钱,唉,我怎么就养了这么一个儿子?老马说着就叹气。

老张说,老罗呀,还是你好,没病没痛,能吃能喝,一家人住在一起,开开心心,看,连孙子都这么乖,陪你出来玩!老李和老马说,是呀,还是老罗好!我们咋就没这个福气?老罗听了就说,我有什么好?还不是过一天算一天!但老罗的心里却是高兴的,是的,他比他们都好。他们的情况都这么糟糕,太让人同情了,老罗当然不能把自己的喜悦表露出来,那样只能让他们更伤心。

回去的时候,老罗很开心,觉得今天出来这一趟太值了,跟几个老朋友聊得也太好了。半路上,老罗遇到一个乞丐,他掏出 20 块钱给了乞丐。要是在以前,老罗是从来不给乞丐一分钱的。

回到家里,孙子就对老罗的老伴说,奶奶,今天爷爷给了一个断腿的叔叔 20 块钱!老伴一听就盯着老罗说,你给了别人 20 块钱?你今天怎么这么大方了?你不是爱钱如命的吗?老罗笑着说,咱可是富翁,他一个断腿的人,给他 20 块钱也算多?老罗的老伴听了又盯着老罗看,她知道,老罗一直想成为富翁,可他一直都没能实现梦想。她就想不明白,老罗咋一下子就成为一个富翁了?

风　险

这天上午,电台新闻说奇奇镇的一个煤矿发生了事故,死了好几个人。曾奇怪一听到这个消息就一惊,他的同学刘刚就是在奇奇镇的一个煤矿上班,他不会也出事了吧?

曾奇怪赶紧掏出手机给刘刚打电话。手机打通了,可是没人接电话。曾奇怪顿时出了一身冷汗:刘刚出事了!于是曾奇怪立即赶去奇奇镇,到刘刚家里去。见到刘刚的妻子,一问,说刘刚没事,是别的煤矿发生了事故。曾奇怪的心这才安静了下来。

晚上,刘刚回来了,他满脸的灰尘,人黑了,也瘦了。曾奇怪看了,心里就一酸。这刘刚,当初跟他可好了,他要是早给他找个轻松的工作,也不至于这样。现在既然来了,曾奇怪就决定帮帮刘刚。

曾奇怪对刘刚说："刘哥,在煤矿上班太累了,风险又大,我帮你找别的活干……"刘刚说："可我什么也不会啊? 能干什么呢?"曾奇怪说："不会可以学嘛。你到城里开个超市吧。虽说不能赚大钱,但生活还是不成问题的。这比你做苦力强!"

刘刚听了说："我不会做生意啊! 而且,这还要不少本钱。要是生意不好,连本钱都捞不回来……这风险太大了,我不干!"曾奇怪说："你看,城里那么多人做生意,他们都……"刘刚说："我有个表弟就在城里做生意,可亏惨了,连老婆都不要他了!这做生意的事,你说什么我也不会去干的!"

曾奇怪见此便说："要不,你去学开车,然后帮人开车……"刘刚眼睛一瞪,说："什么? 让我学开车? 我比较笨,我怕……"曾奇怪说："你不笨,一定能学会的。放心吧,有我呢,我可以帮你!"刘刚说："开车太危险了,你看新闻就知道,天天都在出车祸。太可怕了!"

曾奇怪笑着说："刘哥,是有人出车祸,可毕竟只是少数。而且出车祸的,大多都是不小心,不遵守交通规则。只要小心,就没事。你看看,我开了三年的车,不是什么事都没有吗?"刘刚说："你是没出过事。正因为你没出过事,才认为安全。要知道,出一次事,就可能要了命,这开车的事,我不干!"

曾奇怪见此便说："要不,你去当保安吧! 这挺轻松,也没风险……"刘刚站了起来："什么? 你让我当保安? 当保安没有风险? 当保安的风险最大了! 我不干,说什么也不干!"曾奇怪说："当保安有什么风险啊?"刘刚说："当保安,就等于是小偷的敌人。是敌人,小偷会放过我吗? 而且,当保安,我在明处,小偷在暗处。我哪天被人捅了刀子，还不知道是怎么死的呢。"

曾奇怪见此便说："刘哥，你说，你想干什么？只要我能帮你的，一定尽力帮你！"刘刚说："我还是想在煤矿上班。虽说累人，但工资还不错，而且风险小，安全！"曾奇怪听了一愣："煤矿经常出事，你看，连奇奇镇的煤矿都出事了，怎么还安全呢？"刘刚说："这只是一个意外，放心吧，我不会有事的！"曾奇怪说："我看你，还是换一份工作吧！"刘刚说："我对煤矿熟悉，没有危险，你别说了，行吗？"曾奇怪无奈地摇摇头。

三个月后的一天晚上，曾奇怪正准备睡觉，手机响了，一接，是刘刚的妻子打来的，她在电话中说："煤矿又出事了，刘刚死了……"曾奇怪听了一愣，刘刚不是说风险小吗？唉，要是当初他肯听我的话，就不会出这事。曾奇怪翻身起床，急忙赶往奇奇镇。

仇　人

我和刘向胜是邻居，是同学，更是朋友，我们好得不得了，虽然不是亲兄弟，但比亲兄弟还亲。我们形影不离，一起上学，一起回家，一起做作业，一起吃饭。就是调皮捣蛋搞恶作剧，我们也一起干。当然，被老师批评或是受惩罚，我们也必定是一起承担。我们骄傲，我们是好朋友。可是，我们也无奈，我们的成绩总是在班上倒数几名。因为这，我们没少挨父亲和老师的批评。大家都说我们无药可救。

我和刘向胜没有想到，有一天，我们会成为仇人。成为仇人，是因为我们的父亲先成为仇人。我的父亲和刘向胜的父亲本来也是好朋友，常在一起干活，一起吃饭，一起喝酒。有一天，他们吃饭的时候，争论谁的孩子更有出息，因为喝多了酒，谁也不肯认输，结果动起了手，最终，两人就成了仇人。父亲一回家就让我以后别理刘向胜。虽然我十分不舍，但是为了父亲，我没有办法。

刘向胜也听了他父亲的话，没再理我。从此，上学和放学，我走我的，他走他的。我走前面，他就走后面，两人不远不近，总是保持一段距离。做作业，不在一起了；吃饭，也不在一起了；玩，当然也不在一起了。更糟糕的是，父亲对我说不能再贪玩了，不能输给刘向胜，要是他的成绩比我好，父亲就要揍我。听了父亲这话，我不再懈怠，放学回家，我不是做作业就是看书，再也不跑去玩了。

我发现，跟我一样贪玩的刘向胜也不去玩了，不是做作业就是看书。看来，他不仅把我当仇人，而且也当对手了。我心想，我不能输。为此，只要刘向胜不玩，我也就不玩；只要刘向胜学习，我也就学习。在家里如此，在学校也是如此。我和刘向胜拼着劲儿努力，同学和老师都看在眼里，大家都说我们变了。当然，我和刘向胜互不来往的事大家也看在眼里。

因为努力，我和刘向胜的成绩一点点地提高，从班上倒着数变为顺着数，最后，我们的成绩数一数二。如果我考第一，刘向胜必定第二；如果我考第二，那第一必定是刘向胜。为了争第一，我和刘向胜都鼓足劲你追我赶。尽管有时我的成绩落后于他，但父亲还是没有责怪我，因为我每天都在努力学习，会有赶上刘向胜的时候。

就这样,小学,中学,我和刘向胜都是同学,我们都你追我赶,最终都以优异的成绩考上了重点大学。终于,我们不再天天见面,但是我的心里一直有着刘向胜的身影。他的身影在我的心里一直在奋斗,奋斗。我当然不能落后于他,他的父亲是我父亲的仇人,他也是我的仇人和对手,我必须胜过他。只有胜过他,才能扬眉吐气。

四年大学,我硬是没有一点松懈,当然,我变得非常优秀。毕业后,我顺利地考上了公务员。据父亲说刘向胜也考上了公务员。看来,刘向胜也一点不比我差,这四年他肯定也没有一点松懈。在他的心里,我也是他的仇人和对手,他必须胜过我。

领到第一个月的工资,我买了礼物回家看望父母。那天,我发现刘向胜也紧随我身后回了家。想不到,他连回家这事也不肯落后,真是对手啊!父亲接过礼物,问我:"看到向胜回家,是不是心里有气?"我说:"可不是嘛!他眼睛一直都盯着我呢,啥都想跟我争个输赢!"父亲拍拍我的肩膀说:"去他家坐坐吧,他们不是我们的仇人……"

我坚决地摇头:"不去,绝对不去!十几年都没有来往的仇人,为啥去啊?"父亲笑了笑,随后告诉我一个天大的秘密。那次他和刘向胜的父亲一起喝酒,喝着喝着就说到了我们,说我们两个孩子成天就知道玩,这么玩下去,不会有出息,为此,他们便率先成了仇人,然后让两个孩子也成为仇人。这样,为了胜过仇人,两个孩子便会你追我赶,最终才会有出息。父亲说:"在背地里,我和向胜他爸经常一起吃饭喝酒,看到你们一天比一天进步,都打心里高兴。当然,我们也为让你们两个孩子成为互不往来的仇人打心里内疚,觉得对不住你们。可是,为了你们的将来,我们只能这么做!"

我听了目瞪口呆,原来一切都是父亲和刘向胜父亲的"阴谋诡计"。这么说来,刘向胜和他的父亲都不是我的仇人,而是我的恩人,是他们的激励才让我由一个贪玩的孩子成为一个有出息的人。看到父亲自责的样子,我说:"爸,我不怪你! 现在我就去向胜家,我们还是好朋友!"说完,我抓起桌上的礼物就往屋外走去。刚走出屋,我就看到院门被人推开了,走进来的人是刘向胜,他的手里提着好多礼物。我笑着扑上去:"向胜!"随后,我和刘向胜紧紧地拥抱在一起……

可　怜

每天,人们都会看到那个老人拄着一根拐杖走来,一个女人总是跟在他后面。每天老人到街上来见到乞丐,就会叫身后的女人扔钱给乞丐。不久,人们就知道老人是全城最有钱的富翁,还知道老人身后的女人是他家的保姆,有人就羡慕老人。

人们知道老人心地善良,见到乞丐就会给钱,于是,有人就装乞丐,在老人要经过的地方等待着。老人来了,见到乞丐,不管乞丐是老是少,断手还是断脚,他都会叫身后的女人给他们钱。

开始的时候,女人还给乞丐们钱。后来,老人再叫她给乞丐钱,她就不给了。老人不满了,问她,我叫你给他们钱,你怎么不给？女人说，你给得了吗？你天天给乞丐钱，乞丐就越来越多了，而且有人知道你善良，就装乞丐骗你的钱！老人笑了，老人说，这我早就知道啦！女人说，那你还要给他们钱?！老人说，你看看他们，多可怜！完完全全是乞丐嘛！女人不再说什么，赶紧扔钱给乞丐，然后跟着老人走了。

人们得知老人知道有人装乞丐还给钱，就有更多的人加入到了乞丐行列。乞丐们都在老人要经过的地方等待着。老人每天都来。瞧，又来了。老人见到乞丐，不管乞丐是老是少，断手还是断脚，他都会叫身后的女人给他们钱。

开始的时候，女人还给乞丐们钱。后来，老人再叫她给乞丐钱，她就不给了。老人不满了，问她，我叫你给他们钱，你怎么不给？女人说，你给得了吗？你天天给乞丐钱，乞丐就越来越多了，而且有人知道你善良，就装乞丐骗你的钱！现在，我身上的钱也不多了！老人笑了，老人说，这我早就知道啦！女人说，那你还要给他们钱?！老人说，你看看他们，多可怜！完完全全是乞丐嘛！女人不再说什么，赶紧扔钱给乞丐，然后跟着老人走了。

回到家里，女人就对老人说，你不能再给他们钱了，你再这样给下去，你的钱……老人笑着说，放心吧，我的钱给不完的，我没有儿女，我把你当我的孩子，我会留一笔钱给你的！女人说，你再这样给下去，只怕我们这儿的乞丐越来越多！大多数人都是装的！老人说，我就是要大家在我面前变得可怜兮兮的，然后我就给他们钱，我就像个上帝，我就感到很幸福！为什么我每天都要出去给他们钱？因为这是我唯一感到快乐的方法！我要让所有的人都变得可怜，都想得到我的钱！女人听了，呆呆地说不出话来。

天亮后,老人起床吃了早饭,又带着女人出了门。女人早已习惯了跟老人出门去给人钱,并且已经变得麻木了。她自己也清楚,要不是为了将来能得到老人的一笔财产,她早就不跟老人了。

街上早就等了不少的乞丐,见到老人来了,就笑了,然后又装起了一副可怜兮兮的样子。老人过来了,老人对身后的女人说,看,他们多可怜,给他们钱!女人不再反对,掏出钱一一分给乞丐们。

老人带着女人走了一条街又一条街,给了一个又一个乞丐钱。然后,老人就带着女人往回走。老人看见了一个孩子,老人见孩子穿着破烂,以为他是乞丐,就亲自上前掏钱给孩子。孩子见老人过来,还给他钱,便对老人说,爷爷,你要过马路吧,我扶你过去,你这么可怜,我不要你的钱!老人听了一惊,我可怜吗?孩子说,你走路都要拄拐杖,过马路还得人扶着,还不可怜吗?老人听了不说话,然后让孩子扶着他过了马路。

第二天,老人起床吃了早饭,没有带女人出门。女人就问老人,今天不出门了吗?老人说,不出门了!我出去了,人家见我拄着拐杖,还得让你陪着,不认为我也很可怜吗?女人说,你不出门,人们就会以为你病了,或者你走不动了,不也会认为你可怜吗?老人听了伤心地说,看来,我是世上最可怜的人了啊……老人话没说完就气绝而死。

道　歉

　　如今,有专门出售赞美的公司,据说生意很不错。失业的小刘灵机一动,办了一个专门替人道歉的公司。如今的人,交往多了。交往一多,人际关系也就复杂,稍不留神,就得罪了别人。自己得罪了人,又放不下面子,不肯轻易向人道歉。不向人道歉,关系就闹僵了。为此,许多人都后悔。小刘替人道歉,就是满足广大客户的需求,让那些没时间也放不下面子的人能够向人道歉,得到别人的原谅。

　　很快,小刘的道歉公司就开张营业了。这天,来的是一个公司的大老板,他对小刘说:"我得罪了一个大客户,希望你能前去替我道歉,只要道歉成功,能得到他的原谅,钱少不了你的!"小刘接下了这笔业务,当天就去了那个客户那里。

　　小刘开门见山,说明来意,然后就对那个客户说道:"你跟我们老板合作了这么多次,一直合作得那么好,双方都因愉快的合作而得到了相应的利益。如果你重新再找合作对象,对对方不了解,对方也不会轻易与你签约。我们老板真诚地向你道歉,希望你能不计前嫌,与他再次合作,共同致富!"客户听了小刘的话,觉得不无道理。客户想想老板既然愿意请人来道歉,说明他还是有诚意的,于是便答应继续与老板合作。

　　这次道歉,只三言两语就成功了,小刘得到了 2000 块钱的报酬。他喜出望外,对道歉的事业充满了信心。

紧接着,又来了第二位顾客,是一个男孩。男孩闷闷不乐,原来他跟女朋友吵了架,女朋友赌气跑了,不理他。他想请小刘替他去向她道歉,希望她能回到他的身边。小刘答应了,并安慰了男孩一番。

根据男孩提供的信息,小刘来到了他女朋友的家。小刘开门见山,说明来意,然后就对女孩说道:"你喜欢他吗?"女孩把嘴巴一翘,说道:"不喜欢他!"小刘笑了:"你还生他的气,这说明你是喜欢他的! 你要真不喜欢他,也就用不着生他的气了。人与人之间,难免有摩擦,特别是恋人之间,随着感情的深入,以及了解的增多,就更容易发生这样那样的摩擦。有许多恋人因为一点小摩擦就分道扬镳,实在可惜。有些则能相互理解,和好如初。他知道自己对不起你,不该跟你怄气,不该骂你,所以,他让我向你道歉,希望你能原谅他,继续跟他交往!"女孩听了,点了点头,表示原谅男孩了。

成功道歉,小刘又得到了一笔道歉费。

很快,小刘又有了第三位顾客,来人是一个职员,他得罪了领导,于是他请小刘替他向领导道歉。职员满脸忧伤地说:"要是我的领导不能原谅我,那么他就会想着法子整我。不怕官,就怕管,你无论如何都要让他原谅我!"小刘说:"你放心,我一定帮你办到!"

小刘来到职员领导的家,说明来意,他诚恳地说道:"领导,你知道不知道,得罪你的那个职员,因为你不理他,他成天茶饭不思,心神不安,怕你整他。照这样再过几天,只怕他会得精神病。到时候,只怕你面子上也过不去。他是你的手下,有时难免不懂你的意思,产生误会也是很正常的。他已经知错了,你大人大量,不要跟他计较,就原谅他吧。你想想看,你原谅他,他就会说你这个领导好。你要是不原谅他,他想反正已经跟领导过不去了,说不定会在四处说你的坏话,对你影响不好。我看你还是原谅他为好,打个电话告诉他一声,让他放心!"领导听了小刘的话,说:"我倒真应该原谅他呀!其实,我也有不是的地方!那就麻烦你去替我向他道个歉吧!"说完,领导甩给小刘 1000 块钱。

小刘把领导的意思向职员说了,职员也高兴地掏了 1000 块钱给小刘。

小刘的道歉公司很快就干出了名,业务一天天多起来,小刘忙得不亦乐乎。

这天下午,小刘的手机响了起来,一个女人说:"我丈夫得罪了我,我想听到他的道歉,可是,几天了他也没有给我说声对不起,我真想听到他给我说一声呀!你能来替他向我道个歉吗?"请人向自己道歉,这还是头一次遇到。可是,顾客的需求,就是小刘的收入。他说:"我当然能替他道歉!你想听什么样的道歉都可以!"

然后,小刘来到了顾客约定的地方,见到顾客的那一刹那,他吃了一惊:那个想听到道歉的人,竟然是他的妻子。原来在三天前,小刘因为业务忙得饿肚子,晚上回家妻子还没做好饭,他就骂了妻子一顿。

小刘望着妻子,好一会儿,他也没有说出一句道歉的话。那一刻,小刘心想:我能替别人道歉,怎么就不能向自己的妻子道歉呢?

偶　　像

　　男人想让儿子成为一个优秀的人。男人想为了儿子,自己首先必须成为一个优秀的人,成为儿子的偶像。偶像的力量是强大的。只要自己成为儿子的偶像,儿子就一定会成为优秀的人。

　　男人想自己首先得做一个英雄。人人都敬仰英雄,儿子当然也敬仰英雄。于是在那天,男人和儿子上街的时候,他看到有人持刀抢劫,便毫不犹豫地冲了上去。他和歹徒扭打在一起。他当然不是人高马大的歹徒的对手,况且歹徒手里还有刀。他被歹徒推倒在地,可是他爬起来,继续战斗。歹徒更加恼怒,疯狂地挥舞着手中的刀子,刀子狠狠地从男人的手臂上划过。可他还是没有退缩。他知道,儿子就在一边看着他,他必须战斗到底。他依旧扑向歹徒。右手受了伤,他用左手。当然,他的左手也被刀子狠狠地划过。这时,警察赶到了,歹徒被制服了。男人的双手血淋淋的,可是他却笑了,他成了英雄。儿子对他说,爸爸,你真了不起! 听到儿子的话,他笑得更开心,他忘记了痛,他觉得自己成了儿子的偶像,他觉得这点伤痛值得。

　　男人想仅仅做一个英雄是不够的,他还得孝顺父母。他孝顺父母,儿子将来才能孝顺他和女人。每个月,男人都要回一趟乡下看望父母。男人回乡下的时候,带了女人,也带了儿子。男人还买了水果,买了营养品。回到乡下,男人就帮父母做事,有农活,就干农活;没农活,就打扫卫生,挑水做饭。男人想他做得越好,越优秀,儿子就越崇拜他,就会视他为偶像,就会向他学习。只有自己成了儿子的偶像,他才是一个合格的父亲,一个优秀的父亲。儿子果然崇拜他,儿子对他说,爸爸,你对爷爷奶奶真好!儿子也真的在向他学习。儿子见他忙的时候,就会上前帮他。儿子干不了重活,如扫地烧火之类的轻活,儿子争着干,让他去歇着。虽然他辛苦,但是他却笑了,他觉得自己成了儿子的偶像,他觉得回乡下真值。

男人想仅仅做一个孝顺父母的孩子还是不够的,还得拥有很多财富才行。要拥有很多财富,当然就得努力工作。男人为此埋头苦干。他知道,帮别人,就算自己干一辈子,也不可能拥有很多财富。要让财富快速积累,只能自己当老板,让别人替自己打工。如果一个员工一年给他创造一万元,十个员工就能给他创造十万元。于是,在有了一定的积蓄后,他开了公司当了老板。老板也不是那么好当的,事事得计划,弄不好,一着不慎,满盘皆输。而且,还得四处应酬,与这部门、那部门,与这客户、那客户。为此,男人更忙了,天天早出晚归,有时,彻夜不归。男人付出了大量的时间和精力,虽然辛苦,但是换来了很多财富。男人有了小车,还换了房子。当然,男人得到的,还有胖胖的身体。这时的男人,在谁眼里都是幸福的。

每次男人回家,儿子都会来替他接包,儿子还说,爸爸,您辛苦了!儿子为他端茶水,为他递水果,为他开电视。儿子像一个保姆。男人见儿子围着他转,笑了,觉得儿子肯定把他当成了偶像,才这么细心地为他服务,于是再苦再累也不觉得苦了,也不觉得累了。男人想,只要自己越成功,越优秀,那么,儿子就越崇拜他，就会在心里更加坚定：一定要成为爸爸这样的人！

　　有一天，很久没在家吃晚饭的男人终于在家吃晚饭了。吃晚饭的时候，男人问儿子，你喜欢爸爸吗？儿子说，喜欢。男人说，那你崇拜爸爸吗？儿子说，崇拜。男人说，那我是你的偶像吗？儿子说，你原来是我的偶像，但现在不是了。男人一惊，现在不是了？为什么？儿子说，爸爸，现在的你成天就知道赚钱，很少陪我和妈妈吃饭，更没有时间陪我玩。以前不是这样的，以前我们天天一起吃饭，你总是陪我出去玩。那时，我想，等我长大了，做了爸爸，也要像你一样，天天陪自己的孩子玩。那时的你，才是我的偶像！

　　男人愣住了，原来儿子需要的是一个能陪他一起玩的爸爸，原来自己已不再是儿子的偶像。男人的鼻子不由一酸，他觉得自己很委屈很委屈。

绑　　架

　　男人经常和儿子玩绑架的游戏。其实，男人玩游戏是一种演习。男人很有钱，他很担心有一天有人绑架儿子，男人和儿子玩绑架的游戏是为了提高儿子的应变能力。

　　男人用布蒙了自己的脸，找来绳子绑了儿子，然后对儿子说，你被绑架了，告诉我你爸爸的电话。儿子说，我爸爸没钱！男人说，我知道他有钱。你要是不说，我就杀了你！儿子说，我不怕死,你杀吧!男人就生气了,男人说,你应该告诉绑匪我的电话号码。儿子说,好吧。然后儿子就说了男人的手机号码。男人然后就掏出手机,装模作样地按起来,接着说,喂,你是张宝应吧,你儿子被我们给绑架了,不要报警,赶紧将50万块钱送到城外三岔口的加油站。你不相信?好,让你儿子跟你说。男人然后把手机放到儿子的耳朵边,儿子就说,爸爸,救我!男人说,对,就是这样的!只要你被绑架了,绑匪叫你干什么,你都得听从他们的。他们要的是钱,只要我给他们钱,他们就会放了你!你不要怕!儿子说,我知道了!爸爸,我要是被绑架了,你真的会救我吗?男人说,当然会救你!

这样的游戏玩久了,儿子就没了兴趣。于是,男人就和儿子交换角色玩。儿子当绑匪,儿子用布蒙了脸,找来绳子绑了男人。然后儿子对男人说,快说你家里的电话!男人说了家里的电话。儿子然后就拿男人的手机按起来,儿子说,喂,是张宝应家吧,他被我们给绑架了,不要报警,赶紧将50万块钱送到城外三岔口的加油站。你不相信?好,让他跟你说。儿子然后把手机放到男人的耳朵边,男人就说,儿子,救我!儿子说,你真笨,你是大人,钱在你手里,我怎么救你?男人说,存折都放在家里的,你去取钱送来就行了。儿子说,我知道了!儿子的表现,令男人很不满意。男人想儿子被绑架了自己会去救他,可他真要出了事,儿子能救他吗?

这天,儿子正在家里上网玩,旁边的电话响了起来。儿子很不耐烦地抓起话筒说,谁呀?对方说,是张宝应家吧,他被我们给绑架了,不要报警,赶紧将50万块钱送到城外三岔口的加油站。你不相信?好,让他跟你说。接着儿子就听到男人说,儿子,救我！我被绑架了！儿子吃了一惊，爸爸真被绑架了呀！儿子说，你们别乱来，我马上给你们送钱来！儿子赶紧关了电脑。

儿子去拿了存折。儿子拿着存折去银行，儿子说要取钱，说要取50万。当然，儿子没有取到钱，所有的人都以为儿子在开玩笑。儿子没有说男人被绑架的事，要是让别人知道了，肯定会有人报警，到时候男人就会有危险。绑匪要的是钱，儿子就拿着存折去三岔口的加油站。儿子想把存折给绑匪让他们自己去取钱好了。

儿子来到三岔口，他见到了男人。男人安然无恙。男人看到儿子来了就笑了。儿子很吃惊地说，爸爸，你没被绑架？男人笑着说，没有，我跟你玩游戏！儿子说，爸爸，太可怕了，我还以为你真被绑架了！儿子把存折交出来，说，爸爸，我没取到钱！男人说，没取到钱不要紧！就是你不带存折来，只要你肯来，就是在救爸爸。你来了，就可以换爸爸去取钱呀！儿子点了点头。男人对这次逼真的演习很满意，儿子做得很好，儿子很勇敢。男人也从这次演习中看出儿子在乎自己，能救自己，男人安心了。

那天，男人正在公司里开会。男人的手机响了起来，他掏出手机一看，是一个陌生的号码。男人不想接，可手机老是响，男人只好接了。男人说，喂，您哪位？对方说，你是张宝应吧，你儿子被我们给绑架了，不要报警，赶紧将50万块钱送到城外三岔口的加油站。你不相信？好，让你儿子跟你说。接着，男人就听到了儿子的声音，爸爸，救我！男人说，儿子，乖，爸爸今天忙，改天玩游戏！男人说完就挂了电话。

接着，男人的手机又响了起来。男人一看，还是那个号码。男人拒绝了。很快，男人的手机又响了起来，这次来的是短信，男人翻出来看，还是告诉他说他儿子被绑架了，叫他赶紧送钱去！男人笑了笑，然后回了短信：让我儿子早点回家，这样的游戏，少玩！

男人晚上回到家里，儿子没在。男人有些急了。男人打电话问熟人看到他儿子没有，谁都说没有见着人。男人想，或许儿子见他没有去救他，在跟他赌气，故意不回家。男人很累，于是就睡了。

但是第二天，儿子还是没有回来。男人担心了，男人正准备报警，他的手机响了起来，男人说，赶紧叫我儿子回来，让他别玩了！对方说，你是张宝应吧，你速来三岔口的加油站……男人说，我不来，叫他自己回来！对方说，我是警察，你儿子在加油站出事了，他被人杀害了……男人说，还玩起劲了呀！这孩子，越来越不像话了！好，我来，我来！

男人赶到了三岔口的加油站，他见到了警察，还见到了儿子，但他见到的只是儿子的尸体。男人哭了，他没想到这是真的。

憨 娃 打 工

憨娃初中读完没考上高中，爹就把他带出来打工。憨娃长得人高马大，身强体壮，16 岁的人就跟 20 岁似的。爹就给他找了家物业公司，想让他去当保安。物业公司的张经理见了憨娃，问了些话，表示不要憨娃。憨娃见保安当不成，就说他愿意当清洁工。张经理说憨娃当清洁工没问题，爹见憨娃也愿意，便答应了。憨娃笑了，他找到工作了。

憨娃成了物业公司的清洁工，他每天一早就拿着扫把打扫小区里的卫生。以前的清洁工，干活总是慢吞吞的，打扫得也不干净，这憨娃别看人呆头呆脑的，干起活来却是手脚麻利，呼呼呼，手中的扫把一个劲儿地挥舞，而且还打扫得干干净净。张经理十分满意，就是那些爱挑毛病的业主，对憨娃做的工作也非常满意。

张经理见憨娃每天尽职尽责，没有一句怨言，就安排给他更多的地盘让他打扫。这还不算，张经理见他年轻有力气，还经常指使他搬搬抬抬的。总之，只要有累活儿脏活儿，张经理首先想到的就是憨娃。换了别人，早就满腹牢骚，撒手不干了，可这憨娃没说半个不字，叫他干什么，他就干什么。

张经理见憨娃好使唤，说是为了培养他，还增加了他额外的工作，让他有空当当保安。憨娃爽快地答应了。大家见了都觉得这憨娃真是憨，他一个人可是干了两个人的活儿，有时干的还是三个人的活。大家都为憨娃感到不平，可是谁也没有提出来。提出来也没用，憨娃是憨的，张经理也不会当回事。况且，大家确实都需要憨娃这样的人来为他们服务。为此，大家只好送些吃的和穿的给憨娃，算是对憨娃的补偿。

转眼，就年终了，憨娃提出要回家，张经理尽管十分舍不得憨娃回家，但只好答应了，他担心惹恼了憨娃，他明年不来了，这么好的员工，可是再也不能找到了。憨娃表示过了年他就回来，他说这里的人都对他这么好，他也舍不得大家。张经理听了笑着说："是啊，大家都对你这么好，你就早些回来吧！"

下午，憨娃来到张经理办公室，他掏出200块钱递给张经理，说道："经理，快过年了，我没啥给您的，这200块钱，是我的一点心意，请您收下，感谢您给了我这个工作……"张经理一时呆了，从来没有哪个员工走的时候还给他钱表示感谢的，这憨娃可是头一个啊，可自己却一直把他当牛当马使唤。张经理的眼睛湿润了，他把钱抓起来塞进憨娃的手里，说道："憨娃，你拿着，我不能要你的钱！"憨娃说："经理，我给您，您就拿着吧。明年再见！"憨娃将钱往桌上一放，转身就跑了。

路上，憨娃跟爹说了他给张经理200块钱的事，爹听了就骂道："你真是憨啊，他是经理，该他发红包给你，你倒好，给他发红包，你以为你是经理啊？"憨娃说："爹，人家张经理给了我一份工作，我要走，人家也答应了，我感谢他，是应该的啊！"爹叹息着说："算了，算了，往后别再这么傻了！走的时候，还得叫他给红包！"

憨娃回家没几天，就收到了一万块钱的汇款，那是张经理汇来的。张经理在附言中说憨娃这一年来工作尽职尽责，任劳任怨，发个大红包给他。爹见了汇款单两眼发直，好家伙，一万块钱的红包，实在是太大了。爹根本不知道憨娃平时做了多少工作，张经理因为憨娃走的时候给了他200块钱，他良心发现，这才给憨娃补了一万块钱的工资。

年过完了，憨娃又回到了物业公司。张经理听说憨娃来了，亲自从办公室跑来迎接。等憨娃放好自己的包裹，张经理把他拉进办公室，对他说道："憨娃，从今天起，你就是公司的保安了，好好干！"憨娃听了乐得跳了起来："我是保安了，太好了！经理，您放心，我保证一定好好干！"

憨娃成了保安，他再也不用打扫卫生，再也不用干那些脏活累活了。爹得知憨娃当了保安，也替他感到高兴，并嘱咐他说："你别整天呆头呆脑的，保安责任不小，你可得给我干好了！"憨娃笑嘻嘻地说道："爹，你就放心吧，我不呆也不憨。我知道，这年头，找个工作不容易，只有装装憨，人家觉得我这人好使，才会要我！以前张经理安排干啥活儿我都干，脏活累活也没一句怨言，好好表现自己，为的就是引起大家的注意和重视，得到提拔！"爹听了笑眯了眼，这憨娃一点都不憨呢！

三 个 和 尚

　　无往山上有座寺庙。寺庙不大，只有一个和尚。这个和尚是个老和尚，叫作平凡。平凡是从另一个寺庙调到这里来的。一个人不但生活无聊，更重要的是，山上没有水，天天都得下山挑水上山，很是累人。平凡老了，挑一担水就累得气喘吁吁。终于，平凡挑水挑得烦了，于是他就向寺庙管委会打了一份报告，请求派一个和尚到他这里来。

　　平凡的报告通过了，寺庙管委会给他派了一个叫普通的中年和尚来。

　　普通人高力大，他来的头一天就挑了三担水，一点也不累。因此，平凡就对普通说，你有的是力气，我看以后的水，就你一个人挑了吧。

　　普通听了说，水又不是我一个人吃的，凭啥我一个人挑？你不挑,我也不挑!

平凡说,好好好,我也挑吧。可是我一把老骨头了,能挑多少水?

普通想想也是,但他不想一个人挑水,那样平凡就捡了大便宜。想了想后,普通说,要不这样吧,我们两人天天下山抬水喝!

平凡想,抬水喝,你人高力大,总得多出点力。于是便说,抬就抬吧!

从此之后,平凡和普通天天下山抬水上山。

一个和尚人老力衰,一个和尚人高力大,两人抬水上山,极不协调。水,常常打翻。

水打翻了,普通就说,平凡,都怪你,不用点力,水打翻了,这下好了吧,你去挑!

平凡听了说,怎么能怪我呢? 我看呀,该怪你,你人高力大,抬水却不知分寸,力没用对,水打翻了,这下好了吧,你去挑!

接着,普通和平凡就闹了起来。

这样闹了好几天,可也无济于事。水,两人还是得抬上山来。要不,没水,谁都没法生活。

虽然是两人都抬了水,可问题依然没解决。两人谁也说服不了谁。最后,两人都明白了,最关键的原因是寺庙没有领导。

为此,普通和平凡分别向寺庙管委会打了一份报告,请求派一个领导来。

普通和平凡的报告通过了,寺庙管委会给他们派了一个年轻的叫作智能的和尚来。寺庙管委会派其他和尚,谁也不愿意,最后只好让才当和尚不久的智能来。智能听说派他去一个寺庙当领导,就欢喜地答应了。

当智能来到无往山,看到小小的寺庙,看到普通和平凡两个和尚,心情一落万丈。

智能一来,普通和平凡立即就把吃水的问题向他说了,然后问他,领导,你看怎么办?

智能听了,也为难了,想了想说,你们天天挑水吧!

普通和平凡听了说,挑水?你不挑吗?

智能说,我是领导,我怎么能挑水呢?

普通和平凡说,领导不带头挑水,我们也不挑水!

智能听了说,要不,你们就天天抬水喝吧!

普通和平凡说,我们就是抬水喝出问题才打报告请求派领导来的,如今怎么还抬水呀?再说,我们三人,怎么抬水呢?

这下,智能沉思了。

智能不愧是智能,一转眼的工夫,他就有了办法。

当天,在无往山上的寺庙里,人们在佛祖的神像前看到了这样的一块牌子:

各位香客,我是佛祖,为了表示你对我的尊敬,为了让你的心愿实现,请首先满足我的心愿,给我挑一担水吧!

在牌子的旁边,放了一些水桶和扁担。

人们见了,毫不犹豫地争先恐后地挑起桶下山挑水。然后,人们将挑上山来的水倒在神像前的池子里。池子底下有条小沟,直通厨房。

从此之后,三个和尚,怎么用也用不完池子里的水了。

希 望 之 光

　　男人是一名矿工。男人没有文化，没有技术，只有力气，想挣钱，就当了矿工。矿是私人小煤矿，安全条件差，但是工资高。矿井是地狱，阴森，恐怖，会吃人。每天，男人下井，出井，日复一日。

　　在井下，男人想着钱。钱是父亲，是母亲，是妻子，是儿子；钱是美酒，是佳肴，是房子；钱是幸福，是快乐，是未来。想着钱，男人就有了力气，就不再恐惧。

　　每天，男人跟老矿工在一起。老矿工有经验，当了十几年矿工，九死一生。跟老矿工在一起，男人心里踏实。

　　可是，老矿工不是神，他不能保证不出事故。这不，刚上班不久，突然就塌方了。轰的一声，男人的世界也随之塌了下来，他抱着头，缩在角落里，瑟瑟发抖。等安静下来，男人放声大哭。突然，老矿工大吼一声，哭啥哭？还没死呢！男人一惊，止了哭，原来老矿工没死。老矿工没死，男人看到一丝希望。

　　男人凭着矿灯微弱的灯光望过来，老矿工安然无恙，正紧盯着他。男人走过去，问道，我们现在该怎么办？老矿工说，想办法出去！男人一愣，就凭我们，能出去吗？老矿工坚定地说，能！说完，老矿工就拿了工具开始清理通道。

　　男人呆在一边，他一动不动。他想就凭他和老矿工两人，无论怎样都出不去，因为，通道太长，而塌下来的煤块太多。老矿工大吼一声,你咋不动手? 你不想活了? 男人说,活不了! 我等死! 男人依然恐惧,依然悲伤。

老矿工知道,男人认为没希望,才不肯动手。老矿工说,矿上这时肯定在组织人员救我们。我们自己也动手,才能早点出去! 在这里待得越久,就越危险。说着,老矿工向男人招手,示意他过去。

男人还是一动不动。老矿工说,你过来,有好事儿! 老矿工指指对面。男人终于走过去,听了听,对面什么动静都没有。

老矿工说,不是叫你听。你看对面,有光! 老矿工说着用手指给男人看。男人看啊看,终于,他看到了光。真的是光,一缕小小的光,若隐若现的光,那是对面的光,那是安全的光,那是希望的光。可是,男人却不以为然地说,有光又怎么样?

老矿工说,你傻呀,有光就说明堵住我们的煤块并不多,说明我们距离外面很近很近,说明外面有人在救我们。男人想了想,好像是这样。老矿工说,别发呆了,我们一起动手吧,争取早点出去。我可不想让老婆和孩子担心我!

男人的家人不在这里,但听老矿工这么一说,他就想起了家人。他精神一振,他不能死在这里,他有父亲,有母亲,有妻子,有儿子。于是男人拿了工具,埋头干活。

老矿工看男人卖力的样子,拍拍他的肩膀说,别着急,干慢点! 天黑之前,我们就能出去! 说完,老矿工也继续清理通道。

五个小时之后,老矿工和男人清理了很长一段通道,他们看到了更多的光,他们发现,他们曾经看到的光,来自角落里的一盏矿灯。那盏矿灯,居然在塌方的煤块中依然安然无恙地亮着。现在,他们前面的通道还是堆满了煤块,他们还是出不去。男人失望至极,他以为有光的地方就有人在施救,就畅通无阻,不再危险,绝对安全,能够顺利出井。男人的泪水一时爬满脸庞,冲刷着脸上的煤尘,冲出两条小小的河流。

老矿工在男人的旁边坐下,他拍拍男人的肩膀说,别泄气,我们会出去的!相信我,我干了十几年,什么样的危险都经历过。这一次,真的算不了什么。

老矿工站起来,听听外面,然后拿了工具,敲击起来。接着,老矿工笑着对男人说,外面有人在救我们!快起来,干活!老矿工说完就清理通道。

男人走过去,他真的听到外面有响声,他重新拿起工具干活。

由于只是局部塌方,几个小时之后,通道终于内外打通,老矿工和男人得救了。

出了矿井,老矿工对男人说,对不起,我骗了你!在井里,我知道看到的光来自一盏小小的矿灯……男人握住老矿工的手说,你骗得好!我以为那光真的来自外面,来自救援人员,我才看到了希望,才打起了精神。否则,我早就崩溃了!老矿工欣慰地笑了。

有光的地方,就有希望。有希望,就能战胜一切困难,就能走出任何困境。人生中,更多的时候,那缕光,来自内心。

好 人 小 为

　　小为是个好人,喜欢见义勇为,助人为乐。这天,小为和妻子小红乘车去一个朋友家。在车上,小为看见一个小偷往他身边的美女的包里伸手,小为就忍不住向那个美女暗示。偏偏美女误会小为了,以为小为调戏她,就对小为翻了个白眼,还把脸转到一边。小为于是不得不向小偷发出警告。这个小偷真是胆大包天,居然视若无睹,仍然明目张胆地在小为的眼皮底下摸着美女的包。小为再也忍不住了,说:"请你规矩点,别把手伸错了地方!"这时,小偷已经摸出了钱,恶狠狠地对小为说:"关你屁事!"说着还给了小为一拳。这时,车到站了,小偷赶紧下车了。

　　小偷的那一拳打得真狠,不但打得小为的脸都肿了,而且口里还出了血,牙也掉了一颗。美女这时才知道发生了什么事,看了看皮包,说:"还好,只被偷了 300 块钱!"美女又对小为说:"你真笨! 你跟小偷说什么话嘛! 你要知道,好人是斗不过坏人的!其实,我早就知道他在摸我的包!"小为说:"你知道还让他摸?"美女说:"他想要我的钱,我不给,他就会打人,我可不想挨打!"小红对小为说:"我叫你别管闲事,你就是不肯听,现在好了吧?人家自己的事都不管,你偏要管,这回该得到教训了吧?"小为默默无语。小为恨那个小偷,也怨那个胆小怕事的美女。

　　有一天,小为去菜市场买肉,人很多,挤成一团。这时,有一个小偷盯上了小为。小偷一直盯着，等待着作案的良机。在小为认真挑选肉的时候，小偷趁机把手伸进了小为的裤袋。卖肉的两男一女都看见了小偷对小为下手，但他们却一声不吭，装着什么也没看见。小偷也没把他们三个人放在眼里，明目张胆地在他们三个人的眼皮底下将小为的钱摸走了。小偷走了后，小为也选好肉了。这时，卖肉的人就对小为说："我看你别买肉了，回家去吧！"小为莫名其妙，说："为什么？"三个人笑着说："你看看你的钱还有没有？"小为听了便伸手摸裤袋，这才发现钱没了，小为便明白是怎么一回事了，就生气地说："你们都看见了？"三个人说："怎么没看见？看得一清二楚，可你自己一点也不知道呢！"小为更生气了，说："既然你们都看见了，那为什么不提醒我一下？"三个人笑着说："我们又不是笨蛋，他偷你的钱，我们为什么要提醒你？如果我们提醒了你，那小偷就会找我们的麻烦，我们不是没事找事？反正又不是偷我们的钱！"小为生气地说："你们真不是人，居然怕得罪了小偷！"三个人说："你难道不知道好人斗不过坏人？"小为被气得说不出话来，气愤地离开了菜市场。

小为一回到家，就对小红说了买肉时钱被偷的事，并说那三个卖肉的不是人。小红听了就对小为说："你不是爱管闲事做好人吗？如今有人看见小偷摸你的钱也不说。以后你也别犯傻了，不要再做什么好人了！"小为默默无语。这回，小为是听进去了，他决定不再做好人，不再管闲事了。

这天，小为上商场买东西，看见一个小偷在偷一个美女的钱，小为装着什么也没看见，任小偷作案。小偷很快就把美女的钱摸到了，然后一溜烟就跑了。小为这才对美女说："你看看你的包，也许你的钱没了！"美女一听便看包，然后就叫了起来："我的

1000 块钱不见了！"小为说："你也太大意了，小偷摸你的钱都不知道！"美女说："你既然看见了，那为什么不提醒我一下？"小为笑着说："我又不是笨蛋，他偷你的钱，我为什么要提醒你？如果我提醒了你，那小偷就会找我的麻烦，我岂不是没事找事？反正又不是偷我的钱！"美女生气地说："你真不是人，居然怕得罪了小偷！你看到小偷偷我的钱却不提醒我，说不定你跟他是同伙！"小为吃了一惊。

这时，一边的售货员说："你们别在这里吵了，他不是小偷的同伙，他的钱也被小偷偷了，我看得一清二楚！"小为一听这话赶紧摸裤袋，一摸就变了脸色，刚领的两千多块钱的工资没了。小为就生气了，对售货员说："你既然看见了，那为什么不提醒我一下？"售货员笑着说："我又不是笨蛋，他偷你的钱，我为什么要提醒你？如果我提醒了你，那小偷就会找我的麻烦，我岂不是没事找事？反正又不是偷我的钱！"小为生气地说："你真不是人！居然怕得罪了小偷！"售货员说："好人斗不过坏人！你不怕小偷，那你为什么不提醒她呢？"这时，被偷的美女对小为说："活该！要是你提醒了我，也许你的钱就不会被偷走了！"小为无言以对，他恨小偷，也恨售货员。

走出商场的时候，小为就想，下次看到小偷作案，我是做好人，还是装着什么也没看见呢？小为满脑子的迷茫。

真的残疾了

他本来是没有一点残疾的,但是作为一个乞丐,一个年轻的乞丐,没有残疾就不可能得到人们的同情,也就不可能得到人们的施舍。

为了得到人们的同情,得到人们的施舍,他于是不得不假装残疾。

他假装得很成功。他装成了一个跛子和盲人。

一个年纪轻轻的人,不但是个跛子,而且还是个盲人,这多可怜啊!

因此,那些好心的人,热心的人,善良的人,纷纷给他食物,给他衣物,还给他钱。钱虽然不是很多,但有钱就好。他很满足。

开始的时候,他装得很辛苦。毕竟要做跛子又要做盲人,对于一个常人来说太困难了。只要他稍稍一出错,就会让人瞧出真相,那可就会身败名裂,做不成乞丐。

虽然装得很辛苦,但是因此能得到许许多多的好处,他也就感到很快乐。

虽然他装得很辛苦,但是时间久了,也就没有什么了,也就感觉不到苦了,反而是一种极大的快乐。

他,人们眼中的跛子和盲人,得到了许许多多一般乞丐得不到的好处,他的生活比常人还要富足,他还拥有了一笔六位数的存款。

后来,他变成了一个中年乞丐。

有一天,他在得到许多好处后,悄悄地来到一个偏僻无人之处时,他突然发现自己不能像常人一样走路了,他真的成为一个跛子了!更可怕的是,当他从衣袋里拿出钱来要数的时候,他突然发现自己什么也看不见了,他真的成为一个盲人了!

他大哭。为什么会这样呢?为什么会这样呢?他想不明白。

他说,我可不是一个跛子,不是一个盲人的呀!为什么我会真的变成一个跛子,一个盲人了呢?为什么会这样呢?

无论他怎么伤心,都无法改变他已经成了跛子和盲人的事实。

最终,他不得不接受这个不幸的事实,自己真的成了跛子和盲人的事实。他,真的残疾了!

本来没有残疾的他,只是因为假装残疾装得太久了,他就真的变得残疾了。

同样的,一个本来幸福的人,假装不幸装得太久了,他也就会真的变得不幸了;一个本来聪明的人,假装愚笨装得太久了,他也就会真的变得愚笨了。相反,一个本来不幸的人,假装幸福装得久了,他也就会真的变得幸福了;一个本来愚笨的人,假装聪明装得久了,他也就会真的变得聪明了。

捡来的财富

在一座荒岛上，有一个土著部落，他们与世隔绝，一直以贝壳当作货币。几百年来，他们一直过着平静的生活，日出而作，日落而息，没有谁比谁富有，也没有谁比谁贫穷，大家都生活得挺幸福。

有一个土著人，他比别人更聪明，他想贝壳能换来所需要的一切，要是拥有更多的贝壳的话，那不是很富有吗？于是这个土著人不再去劳作。当别人去劳作的时候，他就跑到海边去捡贝壳。这个土著人每天都去海边捡贝壳，他家里的贝壳越来越多——他越来越富有。当然，他用贝壳换来了食物，换来了衣服，甚至换来了更大更美的房子。

这个土著人是整个部落最富有的人，但是，他并没有停止捡贝壳。有一个羡慕他的人跟踪了他，发现了他富有的秘密，于是这个人也不再劳作，也跑到海边去捡贝壳。这个人也天天去海边捡贝壳，当然，他家里的贝壳越来越多——他越来越富有。当然，他用贝壳换来了食物，换来了衣服，甚至换来了漂亮的家具。

岛上的其他土著人觉得很奇怪：不干活的人却更富有，这是怎么回事啊？于是他们便跟踪那两个不干活的土著人，终于，他们发现了秘密：原来他们是靠捡贝壳富有起来的！恍然大悟的人们都不再干活，都到海边去捡贝壳。大家每天都去捡贝壳，家里的贝壳越来越多——他们越来越富有。大家都很开心,都觉得自己很幸福。

到海边捡贝壳的人多了,于是贝壳就越来越难捡了。但是,大家都没有放弃,都想拥有更多的贝壳——做一个更加富有的人。于是大家沿着海边向前走去,到更远的海边去捡贝壳。为了捡贝壳,人们晚上也不回家,就住在海边,只要天一亮就爬起来捡贝壳。为了争夺一个贝壳,人们有时大打出手。原本和睦相处的土著人这时变得凶残起来——邻居成为敌人,兄弟成为仇人。以前,大家相互帮助,只有相互帮助,才能生活下去;现在,大家觉得只要拥有了贝壳就拥有了一切,所以,在贝壳面前,其他的一切都不重要——为了贝壳,他们可以不择手段。

大家发现自己捡来的贝壳越来越多,大家都觉得自己真富有——可以用它们换来食物,换来衣服,换来美女,换来家具,换来漂亮的大房子。然而,当大家拿着贝壳想去换来他们所需要的东西的时候,却发现大家都捡贝壳去了,没有人劳作,因此,没有食物可以交换,也没有衣服可以交换。因为这时所有的人都拥有很多贝壳,所以,想用少量贝壳换来美女和漂亮的大房子已不可能。即使给一筐贝壳,也没有谁愿意做一笔小小的交易。谁都不缺贝壳,这时的贝壳已经变得一文不值。

面对堆积如山的贝壳,土著人一个个悲痛欲绝——他们拥有了大量的贝壳,可是他们却成为最最贫穷的人。

值得帮助的人

　　小刘决定辞职,他想自己开个公司。小刘已经有了足够的钱开公司,他也认为自己有能力开好公司。小刘还没来得及向张总递交辞职报告,公司就遇到了前所未有的困境,公司在经济危机中因为一笔业务而损失了数百万元,又因为一款产品出了问题,再次遭遇打击。公司的情形不容乐观,一天不如一天。这时,公司的员工们也都纷纷提出辞职。张总无可奈何,只好把委屈往肚子里吞。

　　有人知道小刘想辞职,便对小刘说:"你怎么还不向张总交辞职报告? 公司没希望了,赶紧走人!"小刘却摇头说:"我不能走,不能!"那个人便问小刘:"为什么?"小刘说:"现在这么多人都辞职了,我要是也辞职的话,公司可能就真的没救了!"小刘是张总的左膀右臂,是公司的顶梁柱,如果他也走了,公司可能就真的没救了,张总肯定也经不起这个沉重的打击,他必将一败涂地。现在,张总需要帮助,特别是需要小刘的帮助。

　　小刘继续在公司干着。没几天,小刘的妻子知道了公司的情况,便对他说:"我看你也辞职吧,公司不行了!"小刘说:"不,我必须留下来!"妻子说:"我知道,张总一直对你很不错,可是,你也得为自己想想,把自己的才智都用在一个即将倒闭的公司上,值得吗?"小刘说:"我想公司不会倒闭!"小刘最终不肯离开公司,妻子只好叹息。

张总每天都工作到很晚才走,小刘也总是陪着张总一起工作。由于张总和小刘的努力,半年过后,公司终于起死回生了。公司的新产品一上市就赢得了广大客户的欢迎,公司的前途又一片光明。这时,小刘向张总递交了辞职报告。张总说:"我早就知道你想辞职,在公司最艰难的时候你都留了下来,为什么现在公司好了你却要走,你就不能留下来吗?"小刘说:"在公司最艰难的时候,你需要帮助,我走了,对你打击肯定很大,所以我留了下来,现在公司好了,我可以放心地走了。我是真的要走!"张总只好放小刘走,他感到十分惋惜,因为像小刘这样有情有义又有才华的人,很难找到。

小刘辞职后自己开了个公司。小刘有雄心壮志,也很努力,可是公司真的开起来了,却并没有像他所想的那样发展,反而一天不如一天。公司很快就陷入了困境,随时都有倒闭的可能。怎么会这样呢?小刘弄不明白。小刘的资金不够周转了,小刘着急了,他向朋友们寻求帮助,可是没有一个人肯帮助他。大家见他的公司快倒闭,都远离他,以各种借口搪塞。

就在小刘愁眉不展的时候,张总上门来了。张总开门见山就对小刘说:"我知道你遇到了困难,需要资金,我给你送上门来了!"张总说着就从皮包里掏出一张支票来。小刘喜出望外,上前接过支票,激动地握紧了张总的手。张总说:"我不要你的利息,你什么时候赚钱了还我就行! 我相信你的本事!"小刘说:"对于现在的情况,我感到很奇怪,我觉得不应该出现这样的情况。"

张总笑着说:"以前是你出主意,我拿主意,最终做决定的人是我；现在出主意和拿主意的人都是你，当然有可能出问题。以后，你有了难题就找我，我们相互交流，对大家都有好处！"小刘恍然大悟，不住地点头，他说："张总，你为什么对我这么好？"张总笑着说："当初我处在困境里的时候，那么多人都弃我而去，而你却肯为我留下来，你是一个有情有义、值得帮助的人，现在你有了困难，你说我怎么能不帮助你呢？"小刘笑着说："我知道张总也是一个值得帮助的人，所以当初我才留了下来！"说着，两双手又紧紧地握在了一起。

村里有个饿死鬼

那时闹饥荒，村里的王叔饿死了。就在王叔饿死后没几天，村里就闹起了鬼。鬼就是王叔，这话最先是从李伯伯家传出来的。那天中午，李伯伯家正准备吃午饭，刚把饭菜端上桌，这时，王叔突然走了进来，张口就说："哇，好香的饭菜！"最先发现王叔的是李伯伯的儿子，他大叫一声："鬼啊！"吓得连忙跑去躲了起来。

他这一叫，全家人都吃了一惊：是啊，王叔死了好几天了，现在出现在他们家里，他不是鬼又是什么？看看王叔，披头散发，瘦得只见骨头，两眼大睁，舌头伸得老长，真是吓死人！李伯伯全家人顿时都吓得四处逃跑，恨不得找个地缝儿钻进去。王叔见大家跑了，坐了下来，不慌不忙地喝了一碗稀饭，然后从身上掏出个钵头，又倒了两碗稀饭后，这才轻飘飘地离开了。

王叔走后好半天，李伯伯全家才敢出来瞧，发现王叔走了后，这才松了一口气，赶紧把大门紧闭了，心里还是咚咚直跳，刚才的一幕，犹如梦一般。一下午，李伯伯全家没有谁敢出门，连门都不敢开。晚上，全家人挤在一起，都不敢睡觉，怕王叔突然造访。好在晚上王叔没来，一夜平安无事。第二天，李伯伯打开了大门，率先走了出去，接着大家也跟着跑出了门。

一出门，遇到人，他们便把遇到鬼的事说了，但是听的人却不信，说大白天的，哪来什么鬼啊，肯定是白日做梦了。白日做梦？全家人一起白日做梦？这也太不可思议了！就在村里的大伙儿都不信鬼这回事的当天中午，王叔来到了赵爷爷家。当时，赵爷爷家也正准备吃午饭，也是刚把饭菜端上桌。大家一见到王叔，想到上午李伯伯一家说的事，顿时都吓得立即躲了起来。

一小时后，赵爷爷他们出来看，发现王叔已经不见了，桌上有三个碗空了，咸菜也少了些。见此，赵爷爷说王叔是饿死的，他成了饿死鬼，现在一到吃午饭的时候，他就出来讨吃了。王叔出现在赵爷爷家的事传开后，大家才知道村里真的是闹鬼了。想到饿死鬼，大家都很害怕，心想鬼饿极了，说不定还要吃人呢。一时间，村里的人白天很少出门，晚上更是不敢出门了。

由于饿死鬼王叔是每天吃午饭的时候才出现，因此一到午饭时间，家家户户都把大门紧闭了，心想关了门，王叔就进不来了。那天中午，我们一家人正准备吃午饭，突然有人拍门，我们心里一紧：肯定是王叔！王叔把门拍得"砰砰砰"直响，我们听到拍门声，都吓得缩成一团，不敢去吃饭，大气也不敢出，给王叔制造一个家里没人的假象。可王叔闻到了饭菜香，就是不肯走。

王叔一直拍,一直拍,拍得我们心惊肉跳。我非常担心王叔把门拍烂了,跑进屋来吃人。我的担心,也是全家人的担心。爷爷说王叔肯定是饿急了,不如去把门打开,让他进来吃饭,吃饱了就会走,要是惹火了他,等把门踹开,那就会吃人。爷爷这么说,全家人都点头同意。可谁去开门呢? 大家你看看我,我看看你,一时没言语。最终,爷爷说他去,他一把年纪,活够了。

爷爷去开门的时候,大家赶紧躲了起来。我想看看王叔,便偷偷地躲在了一个角落里。只见爷爷开了门,王叔便飘了进来。爷爷笑着说:"您请!"王叔没说话,径直去了饭桌。王叔端起一个碗,就张开大嘴喝了起来,一眨眼的工夫,一碗稀饭就被喝光了。王叔然后掏出一个钵,往里面倒了两碗稀饭,这才满意地抱着钵走了。我明白了,王叔带走的是晚上和明早的饭。

有惊无险。王叔是饿死鬼,只吃饭不伤人,只要给他吃,他就会走,因此,村里人决定午饭时间端三碗饭放在村头王叔的坟头,这样,免得他进村来乱跑。最后,村里人还商量好了,每家人送一天,让王叔天天都有饭吃,不来村里闹。果然,自从每天有人送饭到王叔的坟头,村里就再也没有出现过王叔的鬼影,大家都放心了许多,都松了一口气,白天也用不着再紧闭大门了。

半年后的一天,赵爷爷送饭去给王叔,在王叔的坟头,他看到地上有几个字:以后不用送饭了! 赵爷爷见了赶紧回了村,把看到地上字的事告诉了大家。胆大的人一起来到坟头,果然有这么几个字。大家开始有些担心:王叔不让送饭了,他是吃腻了,还是吃足了,不想再吃了? 后来的几天,没有人给王叔送饭去,但也没见王叔来村里走动,大家彻底松了一口气:王叔吃足了!

十几年后,王叔的儿子道出一个惊天大秘密:原来,人们见到的王叔,其实是王叔的弟弟王二叔。王叔为了妻子和孩子,不肯吃仅有的一点饭,活活饿死了。可是王叔死后,他们还是没有饭吃。王二叔于是便装扮成王叔的样子,在吃午饭的时候去村人家,这样,大家以为他是鬼,自然会躲开,他就可以吃一碗饭,然后再为他们母子带两碗回去。正是这两碗饭救了他们母子。

大家知道这回事后,心里五味杂陈。这时,王二叔早已死了,大家都不恨他装鬼吓人了。大家心里想:要是当初自己主动伸手帮帮王叔一家,王叔就不会死,王二叔也不会装鬼弄饭吃。可是在那年头,仅有的一点粮食都是救命粮,谁也舍不得主动拿出手啊!不过,这事给大家提了一个醒:任何时候,人们都要共渡难关!

真钞上面有两个字

母亲从单位退休后,闲着无事,觉得日子这样过着无聊又无趣,再这样下去就会闲出病来,于是她就在街角摆了一个小报摊,卖点报纸杂志,生意不好也不坏,一天也能赚上几十块钱。没事的时候,母亲就看看报纸,日子过得挺充实,脸上整天挂满了笑容。

这天早上,一个戴眼镜的胖男人来买了一份报纸,然后掏出一张百元大钞给母亲。母亲见了,对胖男人说:"拿小的吧,我没那么多零钱找给你!"胖男人说:"我也没小的,要不也就不会给你大钞了!"母亲看了看四周,没有可以换钱的地方,只好翻出口袋里的钱,数了数,对胖男人说:"要找你99块钱,可我只有79块钱……"胖男人说:"要不你就先给我79块钱吧,我还得赶时间上班!"母亲把钱递给了胖男人,说:"还差你20……"胖男人接过钱拔腿就走,回头说:"你天天都在这儿,我明天来的时候你给我就行了!"胖男人已经走远了,母亲只好作罢,心想,等他明天来了就给他20块钱。

第二天早上,母亲在报摊面前望着来来往往的行人,希望看到胖男人,然后把那20块钱找给他。母亲看了一上午,等了一整天,胖男人的影子也没见着。母亲见胖男人不来,她的心就更不安了,他难道不走这儿了?我欠他的20块钱怎么给他呀?

第三天早上,母亲又在报摊面前望着来来往往的行人,希望看到胖男人,然后把那20块钱找给他。可是,母亲又看了一上午,又等了一整天,还是没有见到胖男人的影子。母亲的心更不安了,他难道不走这儿了?我欠他的20块钱怎么给他呀?

晚上,母亲回家将此事告诉了我们。我听了对母亲说:"他不会连钱也不要吧?他买份报纸就拿百元大钞,会不会欺你是个老人,拿假钞骗你,不敢来见你了?"母亲一听觉得有理,便连忙翻出那张百元大钞来给我看。我接过一看,就气愤地说:"妈,你被骗了,这是张假钞,怪不得他只要79块钱了!"母亲一听就着急地说:"唉,我苦苦地等他来拿钱,想不到他竟然拿假钞来骗我!太没良心了!"母亲被骗了,很伤心。同时,她损失了79块钱,那可得卖三天的报纸才能赚回来。

半晌,母亲才说道:"要是遇到他,我非找他算账不可!"我说:"就算再见到他,他不承认,你能怎么样?以后多长只眼睛,买报纸给大钞的,就别卖给他!"

想不到第二天母亲就见到了那个胖男人。胖男人一早就来到母亲的报摊，母亲见了他便说："你还想来拿那 20 块钱……"胖男人连忙说："老人家，我不是来要那 20 块钱的。我根本就不在乎那点钱……"母亲说："那你还来，还想骗我……"胖男人说："老人家，对不起……"母亲生气地说："对不起？想我是个眼花的老人，认不来钱，你就拿假钞来骗我……"胖男人说："老人家，你听我说。我有一张假钞，夹在钱包里。那天早上我来你这儿买报纸，不小心就把那张假钞给了你。昨天晚上我清理钱的时候，才发现假钞用了，一想，就想到可能给了你了，要是给了别人，别人会认出来的。今天来找你，就是要给你钱。"胖男人说着就掏出钱包，从钱包里面掏出一张百元大钞塞到母亲手里。

母亲感到意外，看了看胖男人，连忙从衣袋里掏出了那张假钞，给了胖男人。胖男人接过准备撕掉，忽然又把假钞塞到了母亲手里，说："老人家，这假钞还是你拿着吧，我相信你不会拿去骗人。你好好认认，免得以后被别人骗了！"母亲收好假钞，找出20 块钱给胖男人。胖男人不接，说："老人家，给你一张假钞一定让你很伤心，这 20 块钱就当是我对你的补偿！"说完，胖男人就离去了。母亲看着远去的胖男人，叹息不已。

晚上吃饭的时候，母亲又将此事告诉了我们，然后说："我们错怪他了，他是好人呀！"我说："妈，你可得好好认认假钞，跟真钞好好对比一下，免得以后再让人骗了。不会谁都那么好心的，给了假钞还要来承认补钱！"母亲笑着说："放心吧，我明白假钞跟真钞的区别！"我问："有什么区别？"母亲笑着说："真钞上面有两个字，假钞上面没有！"我再问："什么字？"母亲认真地说："良心！"

英　雄

　　A 国的 B 市的市长很生气，市里一直没有大事。没有大事，就引不起记者的注意。没有记者的注意，他这个市长就引不起上级的注意。没有上级的注意，他这个市长就可能在市里待一辈子。市长不想在市里待一辈子，他盼望往上走。天天盼，时时盼。白天盼，夜里盼，梦里盼。市长想，大事没有，就来小事也好；好事没有，就来坏事也行。总之，只要有事，他就有机会。

　　事情说来就来。一幢居民楼突然发生了火灾，在消防人员到来之前，居民楼的一个男人奋不顾身，先后三次冲进火里救出一位老人和两个孩子。

　　市长在第一时间就知道了这事，他特别兴奋。

　　市长打电话给区长。市长问区长，那个救人的男人死了吗？区长说，没死，只受了一点轻伤。市长说，赶紧让他死，让他当英雄！区长说，这事行吗？市长说，行！

　　区长打电话给社区主任。区长问社区主任，那个救人的男人现在在哪里？社区主任说，在小区里。区长说，你把他和他的家人叫到我办公室，我有事。

　　一会儿，社区主任就带着男人和他的家人来到了区长办公室。区长上前握住男人的手，使劲地握，使劲地甩。然后，区长让男人坐，让男人的家人也坐。区长亲自给男人倒水，亲自给男人的家人倒水。

区长首先高度赞扬男人奋不顾身、舍己救人的英雄事迹，然后告诉男人他必须死，他死了，才能当英雄。区长说区里需要英雄，市里需要英雄，当然，他的家里也需要英雄。区长给男人讲了当英雄的诸多好处，比如给钱、安排工作等等，好处说了一大堆，可男人就是不答应。区长让家人劝劝男人。

父亲对男人说，你死吧，死了家里能拿一大笔钱！家里需要钱！

女人对男人说，你死吧，死了领导能给我安排工作！我需要工作！

孩子对男人说，你死吧，死了我就是英雄的后代，能上好的学校！将来工作，我也能得到照顾，会有好的前程！

男人看看父亲，看看女人，看看孩子，想了想说，我怎么死？父亲说，以后你天天待在家里，哪也别去。女人说，对，就这样，反正我上班，你也就用不着上班了。男人答应了。

然后，男人就死了。男人就成了英雄，救人的英雄。

男人的灵前，父亲哭，女人哭，孩子哭。男人救出的老人哭，男人救出的孩子哭。

社区主任来了，社区主任流泪；区长来了，区长流泪；市长来了，市长流泪；群众来了，群众流泪；记者来了，记者流泪。

男人上了报纸，区长上了报纸，市长上了报纸；男人上了电视，区长上了电视，市长上了电视。

区里区外，市里市外，省里省外，都知道有这么个英雄，奋不顾身在大火中救出了三个人，自己却牺牲了。区里区外，市里市外，都在号召人们向英雄学习。

因为英雄，市长着实火了一把。然后，市长就调到了省里。

因为英雄，区长着实火了一把。然后，区长就调到了市里。

因为英雄，社区主任也跟着火了一把，他调到了区里工作。

作为英雄的妻子，失业的女人被安排到了社区工作。

作为英雄的儿子，孩子被安排到了最好的学校读书。

作为英雄的父亲，他得到了一笔钱，还得到了荣誉。

市长说，男人死了好！

区长说，男人死了好！

社区主任说，男人死了好！

女人说，男人死了好！

孩子说，爸爸死了好！

父亲说，儿子死了好！

男人却不觉得好，他天天待在家里，大门不出，二门不迈，生不如死。

男人对女人说，我不想当英雄！女人说，不行！

男人对孩子说，我不想当英雄！孩子说，不行！

男人对父亲说，我不想当英雄！父亲说，不行！

男人哭着说，求求你们，我不想当英雄！

女人、孩子、父亲异口同声，不行！绝对不行！

男人很失望。男人知道，他是一个虚假的英雄，欺骗别人的英雄，他不配当英雄。

一天夜里，男人爬起床，打开窗户，他跳了下去。跳下去的时候，男人说，我真的不是英雄！以前不是，以后也不是！

良　心

　　母亲从工厂下岗后,在中心街的街头摆了一个烧烤摊子,白天经营,晚上也经营。母亲做的烧烤很好吃,生意也就很好,本来能够赚到很多钱。可是,母亲是一个善良的人,她的分量很足,如此一来,生意虽好,辛苦一天,也只能赚到四五十块钱,远不如那些生意不如她好的人。我曾叫母亲像别人那样,分量少点,减少成本,多赚点钱,母亲说谁都不容易,别人花了钱就要让他吃到足够的东西。母亲还说,能够赚到这么多钱,比在工厂上班强多了。母亲说这话的时候,一脸的满足和笑容。母亲是个知足的人。想想母亲说的话,不无道理,我也就不多说了。

　　有一天晚上,母亲收摊回家,把口袋里的钱掏出来清理,我上前帮忙。我首先拿起了那张唯一的百元大钞,一拿起大钞就傻了眼:它是一张假钞!我心里奇怪:母亲对每一张大钞都会认认真真地查看,从没收到过假钞,怎么今天不认真,收到假钞了?谁这么缺德,用假钞骗母亲?我不安了:要不要告诉母亲她收到了假钞?告诉她吧,她一定会很伤心。损失 100 块钱,得两三天才能赚回来呀!不告诉她吧,只怕她以后粗心大意,再收到假钞!

　　我正犹豫不决的时候,母亲对我说:你别捏着这 100 块钱发呆,告诉你吧,它是一张假钞!我听了大吃一惊:母亲知道它是假钞!我望着母亲说:你知道它是假钞?你怎么不细心点?母亲说:你别管!你别管!母亲一把从我手中夺过那张百元大钞,随手放进了自己的口袋里。母亲是那样的从容,没有一点忧伤。我感到奇怪:母亲收到了100块钱假钞,她怎么一点也不伤心,反而还那么乐意?我没再问母亲,我知道,母亲不想告诉我的,我就是问她也不会得到答案。

很快,三个月就过去了,对于母亲收到假钞的事,我也淡忘了。

这个周末,我来到母亲的烧烤摊子帮她的忙。每个周末,乡下进城吃烧烤的孩子比较多,母亲的分量足,她的生意就比平时更好了,一个人总是忙不过来。母亲知道乡下的孩子来吃点烧烤不容易,往往总要送他们一串。如此一来,生意虽好,可赚到的钱还是跟平时差不多。我叫她别这样,说我们是在做生意,是要赚钱,不是做好事,不是行善。她叫我别管,总让我周末帮忙。为此,我总是满腹抱怨。

中午,正忙得不得了的时候,一个孩子来到烧烤摊面前,选了两串豆腐干,母亲烤好给他后,他放下100块钱就跑了。母亲对我说:快去追他! 当时我没在意,不知道是怎么回事,以为那个孩子抢了什么东西,听母亲一叫,连忙撒腿就去追那个孩子。很快,我就追上了孩子,拧着他的耳朵走回烧烤摊。母亲连忙叫我松了手,对孩子说:你怎么放下100块钱就跑了?孩子怯怯地看着我和母亲,没有说话。

我凶凶地对孩子说:你快说实话,否则我叫你好看! 孩子见我那么凶,有些怕了,低声说:奶奶,你还记得三个月前我来吃你的烧烤吗?那天,我妈妈给你的那100块钱是假钞……

孩子的话,让母亲唤起了回忆。三个月前,一个女人带着一个孩子经过母亲的烧烤摊,孩子闻到香喷喷的烧烤,就对女人说:妈,我想吃烧烤!女人看了看孩子,又看了看母亲,终于走到了母亲的烧烤摊前,给孩子选了两串豆腐干。豆腐干烤好以后,女人掏出一张百元大钞来给母亲。母亲一惊:因为她一眼就看出女人手上的大钞是假钞!母亲迟迟没有伸手接钱,女人不安了,以为母亲认出了假钞,手就发抖了,头也低了下去。母亲看了看女人和孩子,终于接过了假钞。然后,女人带着孩子走了。

我对孩子说:原来假钞是你妈给的,现在你又拿假钞来骗人,被认出来了,就吓得跑了,哼,现在看你往哪儿跑!孩子听了说:叔叔,这张钱可是真的!不是假钞!

孩子的话,我当然不相信,我拿起了那张百元大钞,吃了一惊:它不是假钞!是真的!我对孩子说:不是假钞,那你怎么放下100块钱就跑呢?孩子说:这是我妈妈让我来还你们的钱!我妈妈说奶奶是个好人,怕奶奶不肯收钱,就让我放下钱就跑!

我和母亲听了都一怔。母亲说:你妈妈怎么不来?孩子说:家里没钱,为了赚这100块钱,妈妈去采石场上班,结果伤了腿,来不了……母亲把钱塞进孩子的口袋说:拿去给你妈妈……孩子说:不要!不要!孩子说着掏出钱塞给母亲就跑了。

我和母亲见孩子越跑越远,一句话都说不出来。那一刻,我的心里有两个字在激荡:良心!

彩　票

　　那天,下大雨,工地没有开工,他吃过早饭就出了工地。他在街上转悠。来城里两个月了,他还是第一次出来转。他是第一次出来打工,第一次进大城市,感到特别新鲜。他一路走,一路看。没走出两条街,他看到卖彩票的,许多人都在买彩票,于是他就凑了过去。他当然是不懂买彩票,就在一边看,一边听。老板见到他,就冲他笑,说,小伙子,想买彩票吗?然后,老板跟他讲解了一番。很快,他就弄明白是怎么一回事了。他笑了,不就是选几个数字嘛,选对了就能中奖,这样的事,全凭运气。他决定买彩票。

　　他从口袋里掏出钱,选了一组号码,然后,他乐呵呵地拿着那组号码离开了。那一天,他戒烟了。他才来工地上班,是个新手,工资根本就不高,而自己的哥哥还在上大学,需要很多很多的钱,他的工钱都寄回去给哥哥。他读书总是不及格,因此,他主动出来打工挣钱。现在,买彩票了,就得把烟戒了,要不哪里还有多余的钱来买彩票。

　　那天,工友们看到他不抽烟,就对他说,你怎么戒烟了?他说,我买彩票了!工友们一听就笑,对他说,你呀,傻瓜!买彩票是你干的事吗?那是城里人的事!你以为买彩票就能中奖?那是把钱白送给人家,懂吗?他说,买到彩票,就有了希望,总比抽烟要好!工友们听了,就笑了起来,说,你就等着失望吧!抽烟是享受,你拿钱买彩票,那是打水漂!

几天后,结果出来了,他去看,他没有中奖。他笑了笑,又买了彩票。他想,一买彩票就中奖,是不可能的,但坚持买下去,买得多了,总有中奖的时候。反正抽烟也是花钱,买彩票没中奖就当是抽烟抽掉了。

他一次次地买彩票,一次次地遭受着工友们的嘲笑,但他没有放弃。以前抽烟,只花钱,没有希望,现在买彩票,同样是花钱,但却有了希望。有希望,他就感到快乐。那种感觉,是说不出来的。工友们不懂,他也不跟大家多说。他知道,自己没有中奖,说再多,工友们也只会笑他。

一转眼,他买了半年的彩票了。那天,他去对号码,看中奖没有。一看,他就笑了,他终于中奖了。一告诉老板,老板也乐了,告诉他说中了5万元。他一听就笑了,5万元,要是打工的话,得七八年才能挣这么多钱呀。

那一天,在老板的帮助下,他领到了4万多块钱,然后他去邮局寄了回去。

那一天,整个工地沸腾了,大家都知道他买彩票中奖了,大家都想不通,都说他一个傻子,咋就中了那么多钱!

第二天,工头发现他又上班了。工头对他说,你发财了,还要干活?他说,怎么就不干活了?那点钱,我都给我大哥了,我还要挣钱养我自己!再说了,人活着,不干活,那活着干吗呀?工头听了就笑,说,真是傻子!

他依旧买彩票,不过,没有工友再嘲笑他了。

有一天,他对工友们说,你们都把烟戒了吧,把烟钱拿去买彩票,这样,你们就不会咳嗽了,还有了希望。说不定哪天中奖了,也好让家里人高兴一下。你们不要怕失望,没有中奖再买就是了。只要坚持下去,怎么着也得撞上一回吧!工友们听了都笑了。他又说,人活着,就要有希望,要不,那就没劲儿,你们说是不是?工友们又笑了。

那一天,他去买彩票的时候,许多工友都跟着他去了。

抓　　贼

小区里住着一百多户人家,有些人家的房子空着,就出租给来城里打工的民工住,因此小区里面的人就比较杂了。李四就是一个打工的民工,他也租了一间房子来住。虽然住在底楼,但是他早出晚归,小区里的人很少见到他,都不知道他到底是干什么的。

有一天早上,老张下楼来车棚里,发现自己的摩托车不见了,于是就嚷了起来:"我的摩托车被偷了……"老张这一嚷,身边便聚拢了一圈子人,有人说:"这贼可真大胆,居然敢跑到这里面来偷车!"有人又说:"昨晚半夜我听见有人掀铁门,车子肯定是那时被人推走的!"有人就说:"我们这儿没有门卫,太不安全了,那大铁门又没人锁,贼很容易来的!"然后,小区里许多人都知道老张的摩托车被偷了,有车的都下楼来看,见自己的车还在,就松了一口气,但也不免担忧,这贼说不定还会来。

几天后的一个早上,小区里又不见了一辆摩托车。这次是小刘的车不见了。小刘的车不见了他就骂，整个小区的人都知道了。人们就说，这贼可真凶，又来了！真大胆，来了一次还敢来两次！就在小刘骂得起劲的时候，老张来了，他悄声地对小刘说："别骂了，别骂了！你的车说不定是李四偷的……"小刘说："李四？他不是小区里的人吗？他敢偷车？"老张说："你听我说。我不敢肯定李四就是贼，但他很可能是贼！我的车被偷了，这几天晚上我都睡不踏实，就常常下楼来转悠，昨晚我就发现李四也在这里转，还打着手电筒朝车棚里照呢，很可疑呀！"小刘咬着牙说："好个李四，敢偷我的车，我打死他！"老张说："你别着急，说不定我的车就是他偷的，外面的人对这里面的情况不熟，不可能来偷。我们再好好查查，等拿到了充分的证据就报警告他！"小刘点了点头，说："李四若是贼，他一定还会偷车，以后，我们晚上就守在车棚里，把他当场抓住！"老张说："这个主意好！"

这天，小刘见到小区里的人就说他的车被偷了，还把老张看到的情况说了，并对大家说："你们大家都小心点，这李四说不定是个贼呢！"

只一天的工夫，李四是贼的消息就在整个小区里传开了。

以后的几天晚上，小刘和老张深夜就守在车棚里，想抓住来偷车的贼。贼没有上门，李四也没有动静。守了几个晚上，小刘有些坚持不住了，他对老张说："我看我们不守了吧，这偷车的贼不可能再来偷车了！"老张说："再守几个晚上吧，贼见这几天风声过了，一定还会行动的！"

这天晚上，小刘和老张守在车棚里，终于听到了动静。一个黑影蹑手蹑脚地进了车棚，背了一辆自行车，然后出了车棚。小刘和老张悄悄地跟着黑影出了车棚。只见那个黑影将自行车背进了一间屋子。小刘和老张吃了一惊,那是李四的住处。李四果然是个贼。然后,小刘掏出手机报了警。

很快,派出所就来了两名警察。小刘和老张把警察带到李四的门前,警察敲了敲门。好一会儿,李四才开了门,见到小刘他们,吃了一惊:"你们要干什么?"小刘说:"你偷了车,我们刚才看见了!"两名警察进了屋,果然屋子中间放着一辆破自行车。李四的脸惨白,说不出话来。

第二天,小区里的人都知道李四偷车被抓走了。大家都高兴了,觉得安全了。

然而,就在这天下午,李四又回到小区来了。小区里的人,特别是小刘,就不高兴了。小刘打电话给派出所说:"你们怎么把李四给放了? 他可是个贼,他偷了几辆车呢!"民警说:"今天我们抓到了几个真正的贼,他们说曾在你们那儿偷走了两辆摩托车。李四可不是贼……"小刘说:"昨天晚上他可偷了一辆自行车……"

民警说:"这事我们问了李四,他刚买了一辆二手自行车,因为听说这几天闹贼,晚上便常常起来看看车棚里他的车还在不在。昨晚他想睡个踏实觉,但又担心他刚买的二手自行车被偷,索性就把自行车扛进了屋子。由于他的自行车没手续,也是个错,因此我们一去他就吓住了,一时没有说清楚,误会了。"

考　勤

公司不大不小，300 来号人。每天上下班的时候，都要进行考勤。300 号人，考勤可不是一件容易的事。

最初的时候，公司专门安排了小刘和小李两人负责考勤。每天一到上班时间，小刘和小李两人便一人拿一个考勤簿，分头去各部门各办公室点人。这样考勤，很落后，考查到最后，上班时间都过了半个小时了。如此一来，就算有的人在上班后20分钟再来公司，也可能没有考查到他，当然也不能算迟到，不能扣他的工资和奖金。为此，有人曾建议上班时间一到就将公司大门给关了，但这个建议被否定了。一个公司，时时刻刻都有这样那样的人进进出出，把门关了，那不是拒人于门外吗？外人有事来，进不了门，人家对公司就会有看法，就会影响到公司的声誉。

怎么办呢？不久，有人就提议在公司门口放一个考勤簿，每个人来上班的时候，就在那上面签名，时间一到就将考勤簿收了，后来的人就签不上名，月底一计算，该扣工资扣奖金的扣就是了。可这想得太简单了。一实行起来，问题就出来了。先是公司大门口排起一长串等待签名的人，很耽误时间，真到该收考勤簿的时候，大家还没签完名呢！而且也有人悄悄地帮别人签了名，迟到了，来了就上楼，不用签名，也一样无事。

得立即改变这种签名方式才行！公司下了通知，谁有好的考勤方式提出来，一经采用，奖励 2000 块钱。通知一下，许多人不约而同地去了办公室，说了同一种考勤方式，就是打卡考勤。既然大家都想到这样的方式，公司就立即实行了。打卡机就设在大门口，每一个人来上班，拿自己的卡插入打卡机打一下就行了。时间打出来了，打得也快，不用排长队。可不久，还是出现了问题，有的人一下子就打两三张卡，帮没来的同事给打了。迟到的人，来了不打卡，就上楼去了，什么事都没发生似的。

这样的考勤方式没实行多久，公司领导就给否定了，于是公司再次下通知寻求更好的考勤方式。当天，就有人建议了，采用指纹考勤。每个人的指纹都是不相同的，用指纹考勤，谁也帮不了谁。果然，指纹考勤机设在了公司门口，没有人替人考勤，也没有人敢迟到了，大家都来得早早的。为此，公司领导十分高兴。但渐渐地，就有人迟到了。迟到的人，见躲不过考勤，就生考勤机的气，就想方设法让人替他考勤。让别人替代考勤，得有自己的指纹才行。要指纹，总不能将自己的手指砍下来给别人。不过，有人还是有了办法，他们花钱去请人仿造了自己的指纹。于是不久之后，公司就有人替人考勤了，有人上班过后才来，来了不用自己考勤，也算不上迟到。

不久之后，公司领导们就知道了。这么先进的考勤方式居然也有人能躲过，怎么办呢？公司再次下通知，征集更好的考勤方式。通知出来三天了，谁也没有去办公室。最后，公司将奖金从 2000 提高到一万。两天过去了，还是没有人提建议。最后，在领导们绝望的时候，终于有人找上了门，提了一个建议。领导们对这个人的建议产生了怀疑，但最后还是决定试一试。

于是，每天上下班的时候，大家都会看到公司门口站着老板，每个人都要上前跟老板握手。跟老板握手,这是公司规定的。从这以后,就再也没有人替人考勤,也没有人迟到了。

其实,站着的老板是个仿真机器人。真正的老板,怎么可能每天都来跟这么多人握手呢?

敲　门

张海年跟着工头干了近一年,到最后结账的时候,工头却突然失踪了,辛苦挣来的几千块钱得不到了,张海年气得饭也吃不下觉也睡不着,心里越想越气,恨不得扒了工头的皮吃了他的肉。

第二天,昏昏沉沉的张海年上了街,去吃了一碗面条,他在街上胡乱地逛着,他决定把自己的几千块钱找回来。大街上人来人往,谁的包里都少不了钱,但那样太危险了,弄不好就会让人发觉,到时候让人揍一顿,还得送派出所。张海年决定入室行窃,那样收获更大,而且更安全。只要家里没有人,想怎么翻就怎么翻。

张海年回去换了一身衣服,带上开门的工具,然后又去菜市场买了一把蔬菜,就提着蔬菜大模大样地进了一个小区。保安见到张海年,没有管他。张海年顺利地进了小区,然后选了一幢楼,上到顶楼,张海年敲门了。张海年想只要没有人开门,说明屋里没有人,那样他就可以开门进去。敲了两声,没有反应。张海年乐了,正准备掏出工具开门,门却一下子打开了。开门的是一位老人。老人看着张海年说:"你找谁?"张海年忙说:"老人家,对不起,我敲错门了!"老人却说:"进来吧!"

张海年见老人叫他进去,心想进去就进去,我还怕你不成,于是就走了进去。老人给张海年让了座,还给他水果吃。张海年也不客气,就吃水果。老人去屋里摸索了一会儿,出来了,他把300元钱往张海年手里一塞,说:"我想请你帮我办件事,这是报酬!"

张海年乐了,心想今儿真走运,敲开门人家就给300元钱,便说:"老人家,你说吧,啥事?"老人说:"我叫老李,我老伴去得早,儿子儿媳妇都在外地工作,平时家里就只有我一个人,我真怕哪一天我死了都没有人知道,就想请你天天来敲敲我的门。要是哪一天敲不开,就说明我死了,你就给我儿子打个电话。我一个月给你300元钱,你看行吗?"

张海年心想,这敲门也太简单了吧,一天敲一次,就得10元钱,这样的好事都不干那肯定是白痴,看李大爷也挺可怜,就跟自己乡下的父亲差不多,真要哪一天死了,臭在屋里没人知道,就太可悲了,于是他说:"钱我都收了,这门我就敲定了。你就放心,我每天上午都来敲一次你家的门!"

李大爷握着张海年的手,激动地说:"谢谢你,太谢谢你了!"然后,李大爷就给了张海年他儿子的手机号码,又对他说:"现在城里有很多孤寡老人,他们都需要有人去敲敲门,你可以多去联系一些人,这样,你一个月能挣不少钱!"张海年笑了,记下了李大爷的地址,谢了李大爷,下楼去了。

张海年决定不行窃了,去敲敲门就能得钱,还用得着冒险去行窃吗?于是张海年又去敲别的门了,开门的是年轻人,张海年就道个歉。要是开门的是老人,一问是孤寡老人,张海年便问老人需不需要他每天来敲敲门。老人说需要的话,便会跟他谈价钱。有的老人愿意一个月出 200 元钱，有人愿意出 150 元，也有的只愿意出 100 元。张海年都答应下来了，他想有的老人不容易，钱少点就少点吧，再说了，这敲门也太简单了。

张海年跑了一天，竟有 20 多位老人订购了敲门服务，可把张海年给乐坏了。

第二天一早，张海年就去敲那些订购了敲门服务的老人家的门。敲开门，张海年就会对每一位老人笑一笑，打声招呼。由于这 20 多位老人分布在不同的地方，一天下来，张海年也挺累的。

后来，有的老人还介绍一些别的需要敲门服务的老人给张海年，他就更忙了。一整天都得在城里跑，上楼下楼，走一段路，再上楼下楼。

由于张海年的服务让老人们满意，名声传开了，很快就有更多的老人订购敲门服务。张海年一个人实在忙不过来了，他只好请了一个人帮忙。张海年想等生意再多些，他就成立个敲门公司，满足城里孤寡老人的需要。

这天，张海年去敲李大爷的门，门开了，却是一个陌生的男人，张海年笑着说："李大爷还好吧？"男人说："我爸还好，以后，你别敲我家的门了……"张海年一愣，说："怎么？李大爷不需要敲门了？"男人说："我们全家生活在一起，哪用得着让人来敲门？"张海年感到莫名其妙，他说："全家生活在一起？那李大爷还让我来敲门，这事……"男人说："我爸跟我说了敲门的事。你第一次来敲门，我爸打开门，一看你一脸凶相，见到人又紧张不已的样子，就知道你肯定是想干坏事，于是我爸就把你请进门，然后给你钱让你敲门。他想你肯定是因为钱才铤而走险的，要是你有了事做能挣钱，就不会干坏事了。"

张海年听了大吃一惊，原来李大爷知道他第一次来敲门是不怀好意的，不需要敲门的李大爷为了他，不惜花钱不说，还给他指明了一条发财的道路，才让他有了美好的今天。张海年感动得掉下了眼泪，他向男人道了谢，下楼去了。他决定以后还来敲李大爷的门，每天问候一声李大爷，但他不会收李大爷的钱了。

裁　员

公司的生意最近特别差，老板决定裁人。我一点也不担忧，因为我在公司算得上一名优秀员工。一周后，公司公布了裁员名单，我竟然名列其中。我想不通，但也只能接受。老板不留我，自然有他不留我的原因。我没有去找老板理论。老板裁员，也是迫不得已，公司生意差，老板心情不好，去找他理论，那只能把事情弄得更糟。

第二天，我们被裁掉的员工就不用上班了，老板通知我们去他办公室领工资。我们大家得到消息便涌进了老板办公室。老板对我们说："对不起！裁掉你们，我也是没有办法呀！希望你们大家能理解！要是以后有机会，我再请你们回来！"说着，老板的眼里就有了泪水。看到老板这样，我们大家都很激动，说："老板，你的难处，我们大家都知道。我们也没有埋怨你的意思。感谢你这些日子对我们的关照！"然后，老板便发工资给我们。

从公司大门出来，我的心里很不好受，现在，我失业了，重新找个工作,不容易呀! 再找个这样的好老板,就更不容易了。

我在街上灰心丧气地走着,突然想起了一个故事,同事小刘上周告诉我的。那天下班的时候,小刘对我说:"小李,听说公司要裁员,你知道不?"我说:"知道!"小刘说:"你说我们两人会不会被裁掉?"我说:"应该不会吧! 我们两人在公司的表现还不错!"小刘笑着说:"是呀,我们应该算优秀员工了! 可是老板要裁减谁,谁也说不定呀!"我说:"这倒也是! 老板真要裁减我们,我们一个员工,又有什么办法让老板留下我们呢?"小刘笑着说:"办法倒是有,可能管用,也可能不管用!"我说:"你说来听听吧!"小刘说:"看在我们是好朋友的分上,我就告诉你一个办法吧!"

然后小刘又说:"我表哥在广州打工,由于公司生意不景气,老板就要裁减人员。表哥名列其中。表哥领到工资的时候,发现老板多给了50块钱,于是表哥便拿着钱去找老板,把钱退给了老板。老板非常高兴,就把我表哥留下来了。表哥听了喜出望外。老板告诉表哥说,他在每一个人的工资里都多给了50块钱,谁能退钱回来,他就会把谁留下。要是我们真被老板裁减了,我们可以去找老板,退100块钱给他,告诉他说他多发了给我们。老板准高兴,认为这个人可靠,难得,这样,我们就有机会留下来!"我听了不由得笑了起来,说道:"这可真是个好办法!"小刘又说:"你我知道就行了,千万不能告诉别人。知道的人多了,大家都这么做,那就行不通了!"我说:"我知道,你就放心吧!"

没想到现在我真的被裁掉了,我决定去退100块钱给老板,说不定老板真能把我留下来呢! 我连忙跑回了公司。来到老板的办公室,老板看到我,笑着说:"小李,有事吗?"我说:"老板,你多给了我100块钱！"老板吃了一惊，说道："是吗？"我说："是的，我就是回来退钱的！"说着，我就掏出一张百元大钞给了老板。老板收了钱，笑着说："小李，你真是好样的！你这样的好员工，裁掉你我真是于心不忍，这样吧，过些日子公司有了起色，我再请你回来！"老板没有留下我的意思，我只得说："好，谢谢老板了！"

从公司出来，我就泄气了，那100块钱，白花了。看来小刘表哥那样的做法行不通呀！

第二天，我去找工作，遇到了同我一起裁掉的小张。小张对我说："小李，你昨天是不是回公司退了100块钱给老板？"我看了看小张说："是退了钱给老板，你怎么知道？"小张说："肯定是小刘告诉了你一个故事，你才这么做的吧？"我点了点头。小张说："小刘不只告诉了你，那个故事他还告诉了我们每一个被裁掉的员工。我们被裁掉后，都效仿了那个所谓的表哥，都去退了100块钱给老板，可是老板却并没有留我们。这是小刘和老板的阴谋呀！"

我听了，吃惊不已，说道："不可能吧，小刘有那么坏？"小张说："到现在你都还不明白吗？小刘告诉我们故事的时候，都说只告诉了一个人，可他最后却告诉了大家。还有一件事，你可能不知道，小刘跟老板是亲戚！"我听了，恍然大悟，气得说不出话来……

全民微阅读系列

替 罪

周至善的脑子里一天都是那位老人的身影，他不知道老人到底怎么了。早上，周至善在街上遇到一位老人，老人在他前面走着走着，突然老人的身子一歪，眼看就要摔倒在地上。真要摔倒在地上，那肯定会出事。于是周至善赶紧跑上前扶住老人，把老人扶到街边的椅子坐下，这才离开。周至善真后悔，后悔当时没有多停留几步，后悔没有问问老人哪里不舒服，要不要去医院。要是老人真有个三长两短，他心里可不好受。

晚上，周至善看电视，他看到了关于老人的消息：老人死了，老人的儿子张先生寻找扶老人的人。周至善心想，张先生找我干什么呢？顿时，周至善的心怦怦直跳，老人死了，他扶过老人，张先生肯定从别人口中得知有人扶过老人，肯定认为是扶老人的人碰了或者撞了老人，要不不会扶他。现在寻找这个人，就是要找他讨说法。肯定得赔钱，而且数目不小。周至善想到这里头上直冒冷汗，自己干吗要做这好事？这下好了，惹祸上身了！

一夜，周至善都没睡好觉，他后悔扶了老人。老人也真是的，好好的怎么就死了呢？要死就死吧，要死也得把事情跟家人说清楚，是自己要死，不是有人碰了自己或撞了自己。

第二天，周至善路过昨天的那条街，他希望时光倒流，一切重现，那么，即使老人真的摔倒在地，他也绝对不会上前扶一下。这年头,骗子太多了,谁想当好人,谁最终就会被骗,还会成为坏人。现在,周至善就成了坏人,成了广而寻之的坏人。

时光当然不会倒流,一切都成定局。周至善走着走着,他听到路人说起那位老人的事,说起寻找他的事。周至善觉得每一个人都在看着他,每一个人都是冲着他来的,每一个人都希望他主动站出来。完了,完了。周至善叫苦不迭,后悔不迭,真不该当好人,真不该扶老人!赔钱就赔吧,问题是现在单位正要提拔干部,周至善就是其中一人,要是事情一闹大,命案与他有关,他前程必毁。这,当然不行。

好在,周至善扶老人的那儿没有摄像头,虽然有人看到了这事,但也仅仅只是匆匆的一瞥,可能看错人,可能记错人。周至善放了心,他们找上门来,自己死不认账就行了。周至善转念一想,张先生一看就不是一般人,出了这样的事,他肯定会追查到底,查来查去,最终还是会锁定自己。如今,只有找一个人出来替自己顶罪,他才能逃过这一劫。想到这里,周至善松了一口气。

晚上,电视上播出消息,说找到了扶老人的人。扶老人的是一个年轻人,叫刘东华。刘东华说那天早上,老人走在他前面,老人走着走着,突然身子一歪,眼看就要摔倒,他想要是老人摔倒了肯定会出事,于是赶紧上前扶住了老人。他担心老人站不稳,便把老人扶到了旁边的椅子上坐下。刘东华含着泪水说:"我没想到老人最终去世了。唉,那天早上我不该匆匆离开,我该问问老人哪里不舒服,要不要去医院。要是我对老人多一点关心,老人可能就不会去世了!"说着,刘东华抹起了泪水。

张先生说:"小刘,你别自责。我爸本来就有病在身,他的去世与你无关。你扶我爸,就是做了一件大好事。"张先生当即打开皮包,掏出厚厚一大捆钞票,递给刘东华:"小刘,谢谢您!这10万元钱,请您收下!"刘东华愣住了,没接钱。张先生把钱硬是塞给了刘东华,还对他深深地鞠了一躬。张先生最后说:"在有的人眼里,小刘只是扶了我爸一把,不值得花这么多钱感谢,可我要说的是,假如你遇到这样的事,你肯上前扶一把吗?现在,我们的社会需要小刘这种在别人需要帮助的时候,就会毫不犹豫上前伸手扶一把的人。"

看到这里,周至善后悔不迭,这刘东华是他找来替罪的人,没想到如今却成了好人,成了新闻人物,名利双收。周至善埋怨张先生寻找人的时候不把目的给说清楚。他转念一想,这好事是自己做的,自己一定得说清楚。于是周至善赶紧拨通了张先生的电话,说道:"张先生,您好!其实,我才是那个扶你父亲的人……"张先生笑着说:"哦,是吗?你是在节目播出后,第三个打来电话这么说的人,我可以理解……"周至善顿时就懵了,话筒也掉到了地上。

打 广 告

曾厚辉是一名演员,他演了多年的影视,都没有出名。曾厚辉很想当明星,当主演,拍广告,挣大钱。

这天,一家工厂的老板找曾厚辉,让曾厚辉给他的产品拍广告。曾厚辉一问,原来工厂的产品是生发剂,叫黑发生。老板告诉曾厚辉说脱发的人用了黑发生不再脱发,光头用了黑发生不出半个月就会生出黑发。曾厚辉说用了没问题吧,老板说当然没问题,要不他怎么敢生产,怎么敢请他拍广告大量销售。曾厚辉说你怎么不请明星拍广告?老板说在我眼里,你就是明星啊!曾厚辉笑了。老板给了曾厚辉不错的报酬,于是曾厚辉答应了拍广告。

广告上,曾厚辉先是光头,然后他用黑发生洗头,一天两次,半个月后,他就长出了一头黑发。曾厚辉满脸笑容地说,这黑发生就是有效果!明儿再去买一瓶,送给我爹!

以前,许多人都不认识曾厚辉,但这个广告一出来,人们都认识他了。

这天,曾厚辉一上街,一个胖子拦住他说,你不就是黑发生广告上的那个人吗?曾厚辉笑着点头。胖子说,你真的用了黑发生?曾厚辉又点了头。要是不点头,那胖子就说他欺骗消费者,肯定不会放过他。胖子说,用了黑发生真的有那么神?曾厚辉再一次点了头。胖子就笑了,胖子说,谢谢啊,我也去给我爹买一瓶!

曾厚辉没走多远,一个光头拦住他说,你不就是黑发生广告上的那个人吗?曾厚辉笑着点头。光头说,你真的用了黑发生?曾厚辉又点了头。他只能点头,不能否定,一否定,光头肯定会骂他。光头说,用了黑发生真的有那么神?曾厚辉再一次点了头。光头就笑了,光头说,谢谢啊,我也去买一瓶来用!

有一天,曾厚辉回老家,看到家里放着一瓶黑发生,便问父亲,爸,你想用这个?父亲说,是啊!怎么?有问题吗?曾厚辉摇头。父亲说,听说很管用,好多人都买,我也就买一瓶来试试!曾厚辉想,原来真的很管用,我也去买一瓶来用吧!曾厚辉也天天掉头发,他还真担心将来成为光头。

第二天,曾厚辉就去买了一瓶黑发生。每天,他早晚用黑发生洗一次头。

曾厚辉再上街,有男人拦住他说,你就是拍黑发生广告的那个人吧?曾厚辉说,我就是!男人说,你真的用了黑发生?曾厚辉肯定地说,当然用了!现在,曾厚辉真的用了,他理直气壮。男人说,用了黑发生真的有那么神?曾厚辉说,是啊!你看,我的头发都长出来了!男人就笑了,男人说,太好了,我也去给我老婆买一瓶!说完,男人欢天喜地地走了。

曾厚辉没走多远,有女人拦住他说,我认识你,你是明星,你拍了广告,叫什么来着,对了,叫黑发生,对吧?曾厚辉说,是啊,你也看到了!女人说,你真的用了黑发生?曾厚辉肯定地说,当然用了!女人说,用了就好!现在的明星,乱拍广告,我都不敢相信了。曾厚辉说,别人乱拍广告,我可不,你看,我就是用了黑发生才满头黑发!以前啊,我的头发都掉光了!女人就笑了,女人说,听你这么说,我就完全放心了,我也去给我老公买一瓶!说完,女人喜气洋洋地走了。

曾厚辉用了半个月黑发生,头上不但没长出来黑头发,原来的头发反倒掉光了,更糟糕的是,他满头疙瘩,又疼又痒。曾厚辉奇怪了,怎么会这样?怎么会这样?曾厚辉决定打电话问问父亲,看父亲是不是也这样。曾厚辉刚掏出手机,手机就响了,是父亲打来的。曾厚辉赶紧接电话,说,爸,你找我有什么事?父亲说,我用了黑发生,没想到不但没长出来黑发,原来的头发还掉光了,更严重的是,满头疙瘩,又疼又痒,你可别去买。也不知是哪个该死的拍的广告,这样的产品也敢拍,简直就不是人!曾厚辉说,爸,是我拍的!父亲听了大怒,吼道,什么?你拍的?这样的广告你也敢拍?你想钱想疯了!

曾厚辉号啕大哭,他后悔极了。他也没想到黑发生是这样,他也成了黑发生的受害者。

丢 包 记

这天下午,我到广场附近转了一圈,然后就到超市购物。就在结账的时候,我发现自己的钱包不见了。我顿时紧张起来,将身上的所有口袋都摸了一遍,结果还是没有找到钱包。完了,完了,钱包给丢了。钱包里其实钱不多,只有几十块,可钱包里的东西对我很重要,有身份证和银行卡,还有一份资料。这可怎么办啊?报警吧?没用!我欲哭无泪,垂头丧气地出了超市。

就在回家的路上,我接到一个男人打来的电话,对方说:"你是李先生吧?你的钱包掉了吧?"我听了一喜,赶紧说:"是啊,我是姓李,钱包确实掉了,是您捡到了?"男人说:"那你来拿你的钱包吧,不过你得给我带200块钱过来!我在广场的报亭等你!"说完,男人"啪"的一声就挂断了电话。

我这下明白了,男人是小偷,他偷了我的钱包,见里面没有多少现金,恰好资料上有我的电话,于是便跟我联系还包,这样可以趁机勒索。他担心要的钱多了我不干,所以只要200块钱。算了,给他吧。我立即赶回家带了钱,然后匆匆忙忙来到广场的报亭。

我还没走近报亭,一个看报纸的男人就立即迎了过来,说道:"李先生,你来了,钱带来了吗?"我说:"带了,带了!"我能不带钱来吗? 我还要我的身份证、银行卡和那份资料呢! 说着我就掏出两张百元大钞递给男人。

男人接过钱,掏出我的钱包递给我,说:"你看看,里面的东西我可一样都没动!"我打开钱包,身份证在,银行卡在,资料在,就连里面的那几十块钱也在。我完全放心了,然后转身就走。男人在后面说:"大哥,往后你可得小心了,别再丢掉了!"我气得直咬牙,我这是丢的吗? 要是丢的,你捡到了还不把里面的钱装进自己的口袋,然后将钱包随手扔进垃圾桶,还敢打电话勒索我吗? 你分明就是一个小偷!

回到家里不久,我收到一条短信:李先生,我捡到你的钱包,让你带 200 块钱来取,实在抱歉。以前捡到钱包还别人,最后却被对方讹诈,为了防备你,不得不让你拿钱取包。现在 200 块钱已打到你卡上,请查收。

第二天,我去查卡上的钱,发现卡上果然多了 200 块钱。我心里觉得怪难受,为自己误会了男人,更为男人为了还钱包不得不先向我索取钱财。

光 盘 英 雄

　　奇奇市到处都是盛宴，可最后都变成了剩宴。有一天，市长看到了剩宴，觉得太可惜了，市长说浪费可耻，说要厉行节约。市长召开了会议，要求全市市民都行动起来，吃光盘子里的东西，不能吃光也要打包带回家继续吃，绝不能浪费一粒粮食，绝不能浪费一块肉片，甚至连油汤也不能浪费。市长最后还说要评选光盘英雄，给予物质奖励。拒绝浪费，从我做起，一时之间，奇奇市到处都在喊着光盘行动，人人都想争做光盘英雄。

　　曾聪明悄悄地打听了，光盘英雄奖励丰厚，很可能奖励一套住房。曾聪明买不起新房子，他特别想当光盘英雄，特别想得到一套住房。曾聪明经常在外吃饭，经常请人吃饭，从前他总是浪费，现在他可不敢浪费。这天他请客，满满一桌子的菜，最后还剩下大半，于是他打了包。回到家里，他不吃这剩菜，妻子曾智慧也不吃，最后，只得悄悄地拿去倒掉。没想到，这还是被人发现了，还好，他说这是变质的剩菜，才躲过了这一关。

　　看来，想当光盘英雄并不容易。既然不容易，那就更要当，这样可以名利双收。这天，曾聪明买回来一条狗。曾智慧问他买狗干啥，说养了狗开销多。曾聪明说她目光短浅。这天，曾聪明拉着曾智慧去餐馆吃饭，还把狗带上了。两人吃饱了，可菜还剩一大半，曾智慧只好打包，曾聪明把包放在了地上，狗立即上前将里面的剩菜剩饭吃得干干净净。曾智慧见了恍然大悟：原来他养狗是为了光盘，这样真好，我们不用吃剩菜了！

从此之后，无论去哪里吃饭，曾聪明都会带上狗，吃到最后，他都将剩菜剩饭给狗吃，这样他就能轻松地做到光盘。当然，一条狗是不够的，于是曾智慧也买了一条狗，她上哪儿吃饭都把狗给带上，她也能轻松地做到光盘。随着光盘行动的深入，每家餐馆都要求客人光盘。许多人虽然不情愿打包，但也不得不打包。只有曾聪明和曾智慧不用打包。服务员见了狗也不阻拦，因为她们亲眼见到狗吃掉剩菜剩饭，这有助于光盘。

有一天，曾聪明请了五桌客人，上了许多菜，酒足饭饱，桌上的菜还剩下大半，曾聪明可不想把这些剩菜拿回家里吃，更不敢倒掉，只好一个劲地劝大家吃，可大家都说饱了。曾聪明的那条狗，也没能吃完剩下的菜。在服务员的眼皮底下，他只好把剩菜打包带走。当然，他和曾智慧不会吃这些剩菜，可又不敢倒掉，要是被人发现他倒这么多剩菜，肯定会说他浪费。弄不好在这风头上还得上电视亮相，弄得人人皆知，那可丢脸了！

看到身边的狗，曾聪明笑了。然后，他去买回了五条狗。五条狗都饿极了，那些剩菜放在它们面前，它们不到两分钟就吃了个精光。哈哈，太好了，有了这些狗，光盘英雄我是当定了！曾聪明露出了得意的笑容。曾智慧见了却说："你啊，疯了，养这么多狗，开销多大啊！它们比我们还要吃得多，得赶紧拿去卖掉！"曾智慧说着就起身要去卖狗。曾聪明一把拉住她，上前耳语一番，曾智慧的脸上顿时露出了笑容，不住地点着头。

第二天，曾聪明再去餐馆吃饭，把几条狗都带上了。由于狗太多，服务员拦住他，让他把狗带走。曾聪明说："浪费可耻，我

诚实培训班

带它们来是为了光盘。它们在家里是吃，在这里也是吃。我吃不完的，给它们吃。别人吃不完的，它们帮着吃。你看，它们是来立功的。"听曾聪明这么一说，服务员笑了：有了这些狗，不但能光盘，而且连骨头都能啃得干干净净，太好了。为了不让狗影响别人吃饭，服务员把那些狗带到了一个单间。

没想到狗还能享受特殊待遇，曾聪明非常高兴，这下他只管放心地吃饭了。酒足饭饱，曾聪明将桌上的剩菜剩饭全给了狗吃，这可帮了一桌人的忙，大家都非常高兴。别人见了，都上前跟曾聪明说好话，曾聪明二话没说就收下了他们的剩菜剩饭。服务员见剩菜剩饭都被曾聪明的狗吃了个精光，客人不为难，她们也不为难，都对狗非常友好，还欢迎曾聪明常带狗光临。连服务员都欢迎狗的到来，此后，曾聪明再也不为狗粮操心了。

转眼间，就到了年底，光盘行动在全市搞得轰轰烈烈，评选光盘英雄的结果很快出来了，曾聪明得票最多，市民们投他的票，餐馆也投他的票，他理所当然地成了光盘英雄。政府果真奖励给他一套一百平方米的新房子。在颁奖大会上，曾聪明说："今后，我将继续光盘行动，继续收养流浪狗，绝不浪费一粒粮食……"曾聪明的话引来一阵热烈的掌声。此时，曾聪明已经养狗一百只，当然，这些狗都是买的，并非捡来的流浪狗。

彩 票 风 波

国庆节,由江水市民政局主办的福利彩票抽奖活动在东门广场盛大开幕了。刘诚和李波平时喜欢买彩票,这样的机会,他们当然不会错过,一大早,他们就来到了东门广场。广场上人山人海,人们都来买彩票,都想中大奖。

彩票刚一发售,人们就争先恐后地购买。一张彩票只卖两块钱,中了最高奖就是 50 万元。这很有诱惑力。刘诚对李波说:"我们也赶紧买彩票吧!别让大奖落到了别人手里!"李波说:"小刘,我手气不如你好,你就帮我抽吧!"刘诚笑着说:"怎么?昨晚打麻将手气不好,输了几百块钱,现在还怕手气不好?"李波不好意思地说:"就是,所以让你帮我抽!要是中了大奖,我分一半给你!"刘诚笑着点了头,说:"说话可得算数哦!"

刘诚和李波各买了五张彩票。李波的彩票是刘诚帮他抽的。

刘诚刮开第一张彩票,他欢呼着叫了起来:"哇!我中了1000 块钱!"

李波刮开第一张彩票,一言不发,他连个末等奖也没有中到。

刘诚又刮开了第二张彩票,他又欢呼着叫了起来:"哇!我又中了 500 块钱!"

李波也刮开了第二张彩票,又一言不发,他又连个末等奖也没有中到。

刘诚接着又刮开了第三张第四张彩票,一张中了末等奖,一张中了100块钱。刘诚连连叫好。

李波也接着刮开了第三张第四张彩票,结果,两张彩票还是连个末等奖都没有中到。

此时的刘诚已经非常兴奋了,他又刮开了第五张彩票,这次他叫得更大声了:"哇!"刘诚没有叫出他中了多少,因为他中了10万块钱,他怕叫出声惊动了别人。

这时,李波也刮开了第五张彩票,又是一言不发,因为他还是连个末等奖都没有中到。

刘诚忍不住心中的兴奋,上前对李波说:"李大哥,你猜猜我中了多少?"李波摇了摇头。刘诚把第五张彩票递给他看。李波一看就惊呆了:中了10万块钱!李波说:"你可真行啊!你五张彩票都有奖,还有这么个大奖。你给我抽的五张彩票,却连个末等奖都没有中!"

刘诚听了,知道李波心里不高兴,便说:"你真是没运气!别丧气,来,我送你五张彩票!抽吧!"李波说:"你手气好,还是你帮我抽吧!"刘诚说:"好啊!"刘诚就又抽了十张彩票,给了李波五张。

这次,刘诚的五张彩票又全都中了奖,而且有一张中了一万块钱。可是,李波的五张彩票依旧连个末等奖都没有中到。刘诚就对李波说:"看来,你是真没运气!就是我帮你抽也没用!"李波心里很不是滋味,说:"也许是吧!"

刘诚去兑奖了。李波心想,这小刘也真是的,抽自己的就张张有奖,抽我的却连个末等奖都没有,还说我没运气,鬼才相信!还是让我自己来试试吧!于是李波就自己抽了五张彩票。这次,有两张中了奖,一张 100 块钱,一张 5000 块钱。李波中了奖很高兴,说:"早知我手气这样好,就不让小刘给我抽!"

这天中午,刘诚请李波去酒店吃饭,李波没去,他觉得刘诚这人不够朋友,不想理他了。

李波逢人就把抽彩票的事说给别人听,他说:"小刘这人真不是个东西!我跟他是这么多年的朋友,他抽自己的彩票就用心抽,张张都中奖,而且还中了个 10 万的。他帮我抽却不用心,抽了十张连个末等奖都没有中到。倒是我自己抽了五张,就有两张中了奖。其中一张还是 5000 块呢!"

别人听了就说:"真想不到小刘还是这样的人呢!"李波说:"是啊!真想不到他是这样的人!跟他这样的人不能做朋友,以后我们还是不要理他为好!"那些人就说:"对,还是别理他为好!"

后来,刘诚的同事都不理他了。刘诚在公司干不下去了,不久就辞职走了。

一 棵 老 树

张好准备砍掉屋后的那棵老树。那棵老树,不知栽了多少年了,长得比人还粗壮,高大笔直。过些日子,张好要修房子,把老树砍来,修房子正好用得上,还是好材料。

这天一早,张好吃过早饭就拿了斧头来到屋后的老树前,走来走去地看,他得选个合适的地方下斧头。张好看老树的时候,李四从家里出来了。李四的家正好对着老树,他还在吃早饭,看到张好走来走去地看老树,觉得不对劲,就赶紧出来了。

李四走过来看到了地上的斧头,说,张好,你想干什么?张好说,我准备砍掉这棵老树!它可是修房子的好材料!李四也准备修房子,也早就看中这棵老树了。李四说,你不能砍!张好说,我为什么不能砍?李四说,这树是我家的,你当然不能砍!张好吃了一惊,说,你凭什么说是你家的?李四说,这树长在我家门前,不是我家的还能是谁家的?张好说,我说你看清楚点,这树可是在我屋后,离我家这么近,怎么可能是你家的?李四说,离得近就是你家的?那你门前那块地不是离你家更近,它也是你的吗?张好愣了愣,说,这树就是我家的!我知道你也要修房子,你别想打它的主意!李四说,你砍,就是砍下来了,你也不能拿走,它就是我家的!张好说,我说你这人讲理不讲理,我砍我的树,你争什么争?你没看到我家的房子都比你家老吗?这老树当然是我家的啦!李四说,到底是谁的,我们去找村主任说!张好说,找村主任我也不怕!你跟他关系好,他总不能就说这树是你的吧!

张好提着斧头和李四去找村主任。村主任听他们两人说老树是自己的,就说,都说是你们的,你们都拿出点证据来呀!张好说,老树在我屋后,挨房子那么近,当然是我家的!李四说,栽树有栽在屋后的吗?都栽在房前。树在我家房前,不用说就是我家的!村主任笑了笑,说,这也算证据呀!我看你们都拿不出证据来吧。这样吧,把树砍了,你们一人一半,怎么样?张好和李四相互看看,都摇头。那么好的材料,不能让给别人。张好说,不行,我家的树,怎么能让给他一半?李四也说,不行,我家的树,绝不能让给他！村主任叹口气说，你们真要这样，那我也就没有办法了！张好说，村主任，这事你不能不管呀，他李四欺人太甚，平时有事没事就找我的麻烦……村主任说，有这样的事？张好说，我家的房子在他家前面，他说我占了他的风水，所以跟我过不去。这不，见我砍我的树，又找麻烦，还想吞掉我的树！李四说，张好，你怎么胡说八道，我平时找你什么麻烦了？我跟你说，你可别拐弯抹角东拉西扯的，明明是我的树，还说我想吞你的树，我告诉你，我的树，谁要是砍了，我就跟他没完！张好说，我砍我的树，你要是敢拦我，我连你一起砍，你信不信？李四气了，上前一步，走到张好面前，说，你砍呀，砍呀！

村主任看两人的火都上来了，赶紧把李四拉开，说，你们消消气。那棵老树的年纪比你们都大，不是你们栽的，你们也不能证明是你们的，争什么争？张好说，不是我栽的，是我爷爷那一辈栽的！李四说，肯定是我爷爷栽下的……村主任说，要不，这样吧，我们去找刘老爷问问，他兴许知道是谁栽的树呢！

刘老爷是村里最老的老人，都九十多岁了。张好和李四一听，说，好，就找刘老爷问问吧！然后，他们三人去了刘老爷家。

村主任对刘老爷说了张好和李四争老树的事，然后问道，刘老爷，你知道那棵老树是谁栽的吗？刘老爷说，实不相瞒，它是我栽的，我十岁那年栽的！张好和李四一听傻眼了，说，真是你栽的？刘老爷说，我骗你们干啥？那年我栽了好多树苗，死的死，砍的砍，如今就只剩下这一棵树了。它是我家的树，谁都不许打它的主意！村主任对张好和李四说，都不是你们的树，回家去吧！张好和李四相互望望，叹口气，走了。

村主任说，刘老爷，那树怕不是你栽的吧？我从来没有听你提起过！刘老爷说，树的确不是我栽的！村主任说，你是想拿老树来做棺材吧！它可真是好材料！刘老爷说，你想错了，我也没那个意思。村主任不懂了，看着刘老爷。刘老爷说，那棵老树能活到今天，不容易，我们谁都不能砍它！要让它好好活着！村主任笑了，说，我明白了，以后，谁也别想打它的主意，它是我们大家的树！

故 乡 的 雾

　　一项美术大赛征集以故乡为主题的作品，曾丹心决定参赛，就决定回阔别了十多年的故乡住一段时间。在回故乡之前，他已经跟七公取得了联系。汽车在小镇车站停下后，曾丹心一下车，七公就迎了过来说，丹心，你回来了！曾丹心听到喊声，也看到了七公，七公比以前更老了。曾丹心拉着七公的手，两个人就激动地聊起来。一个胖子走过来说，七公，坐车吗？七公点着头说，就是要坐车。吴德，这是丹心！

　　这个叫吴德的胖子看着曾丹心笑了，你是丹心啊！曾丹心也笑了，你就是吴德，真认不出来了！曾丹心跟吴德从前是小学同学，要说这吴德，从前长得瘦瘦小小，没少被曾丹心欺负，没想到如今长成了大胖子。曾丹心和七公上了吴德的面包车，不到二十分钟，小车就到了村口。曾丹心说，真没想到，车都能开到村口了！七公说，那年修路，你还寄了两千块钱呢！曾丹心想起来了，他的确寄过钱给七公修路。

一下车,曾丹心就听到麻将稀里哗啦的声音,一看,前面的几幢楼房都挂着茶馆的牌子。曾丹心说,七公,村里的人也爱打麻将了?七公叹了一口气说,可不是嘛!自从公路一修到村口,村里的几个干部就把楼房盖到了村口,还开起了茶馆。现在村里的人天天都往茶馆跑,你七婆也爱打麻将,不让她打麻将,她就要生气。曾丹心说,七婆快八十了啊!七公说,是啊!她打麻将可精神了,就跟年轻人似的!

回到七公家,曾丹心放下包,就又跟七公出了门,说出去走走看看。曾丹心发现田地荒了许多,到处都长满了草,好多路都被草淹没了,看不到路了。曾丹心见了直摇头,七公说村里许多年轻人外出打工了,剩下的一些年轻人,都是不争气的人,就知道打麻将,现在连老人也爱打麻将了,所以谁都不想种庄稼了,说种一季庄稼,不如打一次麻将。曾丹心说,七公,你不打麻将?七公说,我不打麻将,我就爱看看闲书!

曾丹心没和七公再往田地里走,而是往村子里走。突然,曾丹心看到了村里的古井。他想起有一次,他和吴德他们几个孩子捉了鱼儿,放进古井里玩耍,后来被父亲打了一顿。想到古井水的甘甜,曾丹心就捧了水,一连喝了好几口。七公发现曾丹心喝水,连忙说,别喝,快别喝!曾丹心笑着说,没事,从前我就爱喝凉水。城里的自来水,我可不敢这么喝!七公说,村外建了两座工厂,村里人都喝自来水了!

曾丹心一愣,说,那这井水不能喝了?七公说,是啊,不能喝了,不过,偶尔有人来洗洗衣服。丹心,你没事吧?曾丹心笑着说,没事!可是突然曾丹心就变了脸色,他觉得肚子有些不舒服。

曾丹心没走多远，就忍不住了，哇哇哇地吐了起来。七公说，坏了，坏了！七公连忙掏出手机给吴德打了电话。不一会儿，吴德就跑来了。七公说，吴德，快送丹心去医院！吴德说，慢，这车费嘛，得两百块钱！

曾丹心一愣，刚才回来不是才四十块吗？吴德说，刚才是刚才，现在是现在。我是生意人，生意人得抓机会，否则怎么发财？换作是别人，我肯定得要五百！曾丹心说，两百就两百，你扶我走吧！吴德说，看你这样子，扶你也走不动，这样吧，我背你，你给一百块吧！七公生气了，吴德，你还是不是人？吴德说，如果嫌贵了，那就找别人吧！曾丹心说，一百就一百！吴德笑着说，这就对了嘛，命比钱珍贵！

到了镇医院，医生听说曾丹心是喝了井水，便说，没事，没事！你回去吧！曾丹心说，真没事？医生说，经常有人喝了井水来医院，我见多了！只要吐了就没事了！现在不是通自来水了吗？你还喝什么井水啊？有惊无险。出了医院，七公说，还好你没事，要是出了事，我可对不起你！曾丹心说，七公，这不怪你，只怪我自己太大意了。七公叹了口气说，可是你为此花了三百块钱，这吴德也太不是人了！

第二天一早，曾丹心吃过饭，就跟七公说要走。七公说，怎么就要走了？不是说回来住几天吗？是不是不习惯？曾丹心说，七公，挺好的，我找到感觉了！七公说，那就好！曾丹心掏出五百块钱递给七公，让七公收下，七公不收，说还没好好招待他。七婆一把拿过了钱说，你不收我收。他在我这里吃住，就该给钱！七婆拿着钱快步出了门。七公叹息一声说，她又拿钱去打麻将！现在她心里就只有麻将和钱！

回家后,曾丹心就画了故乡,故乡被浓浓的雾包裹着,他给画取名:故乡的雾。没想到后来这幅画获得了十万块的奖金。曾丹心拿奖金买了书,寄给了七公。曾丹心跟七公商量好了,他爱看书,就在他家建个书屋,让村里人都来看书。这天晚上,曾丹心接到了七公的电话,七公说,丹心,你别再寄书了,你七婆把那些书都拉去卖了,她说没人看书,说建书屋不如开个茶馆。曾丹心听了,眼前顿时一片模糊。

一 把 雨 伞

下着雨,他总算有空了,于是他准备去邮局寄钱。出来两个月了,第一次发工资,钱是昨天才发的,他本来打算中午才去寄的,但现在下雨不干活,他正好可以去寄钱。早点把钱寄回去,也好让妻子高兴高兴。他找自己的伞,却没有找着,于是便向工友借了一把伞,然后,出了工棚。

来到邮局门口,他收起伞,进了门,看到一张桌子上放着一些伞,于是他也把伞放在了那儿,然后就去寄钱了。前面有两个寄钱的人,他等了一会儿。等他寄了钱去拿伞的时候,却发现自己的伞不见了。他清楚地记得自己的伞是一把黑色的雨伞,可那几把伞里面,就是没有他的那把伞。黑伞是他出来打工的时候妻子买给他的,说叫他带上,万一下雨,没把伞怎么行。于是他就带上了。哪想到,在桌子上放了几分钟,一把伞就不见了。这城里人也太凶了！他咬咬牙，然后从桌上拿起一把新伞，就冲出了邮局。

他打着伞快步向前走，却听见从邮局里传出一个女人的声音：大哥，你回来！他吃了一惊，自己拿的伞，肯定是那个女人的了。他就走得更快了。他回头一看，发现女人从邮局里跑出来，跟着他追。他着急了，要是女人追上了他，那还了得，自己可就成小偷了！于是他跑了起来，想甩掉女人。女人穿着高脚鞋，当然跑不过他。很快，女人就落得很远了。他便得意地笑了。

谁知，很快他的耳边又响起了女人的声音：大哥，你等等！他转脸一看，女人又赶上来了。女人坐电动三轮车赶上来的呀！他知道自己跑不过电动三轮车，于是不跑了。他想女人这么在乎这把伞，肯定是她的男人买给她的。这么一想，他就想到了自己的妻子，于是在女人从车上下来的时候，他就把伞递了过去。女人没有接伞，女人对他说，大哥，你跑得可真快呀！他不好意思地低下了头。女人却从身上掏出 100 块钱递到他面前。他吃了一惊，说，你给我钱？女人说，这是你的钱呀！刚才在邮局，你掉了 100 块钱，我叫你，谁知你跑得那么快！他一摸自己的口袋，做零用钱的 100 块钱没了。他这才明白，原来女人来追他并不是为了要一把伞。城里人，有的是钱，怎么可能在乎一把伞呢？他从女人手里接过钱，感激地说，谢谢你了！女人说，不用！他说，这伞是你的吗？女人说，不是我的，我根本就没带伞！以后，别这么粗心大意！然后女人转身上了三轮车，走了。

看着女人坐三轮车远去后，他赶紧往邮局跑。自己拿了别人的伞，别人肯定着急。他回到邮局后，把伞放在桌子上。他并没有走开，他要等那个人来拿伞的时候，向那个人说声对不起。邮局里的人来了又走，走了又来，可是那把伞，就是没有一个人拿。

没有人来拿伞，他就更着急。他知道，那个人见自己的伞不见了，就会明白是有人拿走了，怎么还可能再回来呢？他不由得捶打着自己，悔恨自己拿了别人的伞。要知道，他的伞，别人是无意拿走的呀！而自己，却是有意拿走别人的伞，那就是偷了呀！

在邮局里等了一上午，他都没有等到有人拿那把伞。中午的时候，他只得拿着伞回去了。工友见他回来了，对他说，不是说去邮局寄钱的吗？怎么到现在才回来？我等着要伞用呢！工友很不高兴地一把夺过了他手中的伞。他不由得笑了，这才知道，自己并没有带黑伞去邮局，当时去的时候，他没有找到自己的黑伞！而自己一直以为偷来的新伞，正是自己向工友借来的呀！

工友见他笑，就说，还笑呢！他说，我高兴呢！幸亏这伞是你的呀！要不然……工友说，要不然怎么着？他说，要不然我会内疚一辈子的！这城里人好，我不能对不起人家呀！工友一愣，说，你说什么呀？我一点都不懂！他没有说话，他嘿嘿地笑着。他感到很快乐，比发了工资的时候还要快乐。

陶罐的秘密

老张开了一家饭店，生意特别好。来老张店里吃饭的顾客都喜欢跟老张套近乎，顾客说着说着就会说到老张店里的那个陶罐身上。然而，无论顾客出多高的价钱，老张都不卖那个陶罐，说那是祖上传下来的，不能卖。

老张越是不肯卖陶罐，想买的人就越多，大家都认为那个陶罐肯定价值不菲。虽然许多人都没有见过那个陶罐，但是据见过的人说那个陶罐少说也有五百年的历史。于是想得到陶罐的人便一再加价，一直加到10万元，还是被老张拒绝了。

有个叫刘大江的也曾被老张拒绝过，他很不甘心，发誓一定要弄到那个陶罐。一天夜里，他悄悄地进了老张的饭店，翻了好一阵子，总算在厨房里的一个角落里找到了那个陶罐，赶紧喜出望外地抱回了家。第二天，刘大江将陶罐拿去卖，结果却被人认作是一个普通的陶罐，分文不值。而老张对陶罐被盗的事不闻不问，刘大江这就明白了，老张早就防着他人下手，将值钱的陶罐换了地方，弄个假的放在那儿，等人上当啊。

偷来的是假货，那么就只能智取了。这天，刘大江发现老张的店门口贴着启事招服务员，于是便赶紧叫自己的女儿小青前去应聘。刘大江想小青去了店里上班，总有机会发现值钱的陶罐藏在什么地方，到时候顺手牵羊就容易多了。

小青被老张招为服务员后，她任劳任怨，争着干活儿，很得老张的赏识。老张的烦恼和心里话都会告诉她。有一天晚上，老张喝多了酒，把陶罐的事告诉了小青。小青喜出望外。当天夜里，小青悄悄地爬起床，来到厨房，果然如老张所说，她在一个不显眼的角落当中找到了那个毫不起眼的陶罐，于是赶紧抱了陶罐就跑了。

小青出了店就打电话给刘大江，让他赶快来接她。刘大江很快就到了，从小青手里接过陶罐，看了看，笑着说："这回我们发大财了！"说完就和小青匆匆忙忙坐车往省城去。

然而，让刘大江没想到的是，第二天把陶罐抱去卖，结果人家又告诉他这陶罐分文不值。刘大江不信，再去找人鉴定，结果还是分文不值。怎么会这样？刘大江实在想不明白。

且说老张第二天一早见小青不见了，又到厨房去，发现陶罐也不见了，便笑了起来。然后，老张又抱来一个陶罐放在那个角落里。接着，老张又在店门口贴了一张招聘服务员的启事，等待第9个为了陶罐的姑娘的到来。

果然，不一会儿，老张的店门口就来了一大群应聘的姑娘。老张笑眯了眼。其实，他根本就没有祖传的陶罐，虚构一个祖传的陶罐是为了让那些贪心的人来免费给他打工。

可恶的免费

那天上午，我刚刚打开电脑，门铃就响了，我赶紧起身去开门，只见门口站着一个陌生的年轻人，他背着一个包。我问他："你找谁？"年轻人说："大哥，就找你，这袜子，我送你一双……"年轻人说着就将手中的一双袜子递到我面前。我连忙用手挡开了，说道："我不要，我不要！"年轻人笑着说："大哥，你别紧张，我不是来推销袜子，我是送你袜子，免费的，一分钱也不要！"年轻人说着又将袜子往我面前送。我还是用手挡开了，连忙说道："就是免费的我也不要！你走吧！"年轻人说："你怎么不要？这可是免费的！"我赶紧进了门，"砰"的一声关了门。年轻人在门外说："大哥，你开开门！"我没有理他，只从猫眼看他走没走。

年轻人没走,见我不理他,又去敲对面的门了。很快,邻居老张就开了门。老张跟我不只是邻居关系,还是我的恩人,而且我的孩子常常靠他照顾,这免费的东西,我得劝他不要才行。我赶紧开了门,对老张说:"这袜子要不得,你快还给他!"手里已经握着袜子的老张一愣,问我:"怎么要不得?"年轻人说:"我免费送他一双袜子,有什么要不得的? 你不要,难道还要阻止人家要?"我说:"这免费的东西可害人了,我跟你们说吧!"然后我就跟老张和年轻人说了一个免费的故事:

上周,我到街上,遇到一个年轻人,背着一个包,手里拿着一瓶洗发水,见了我,便拦住了我,我告诉他说我不买,他说他不是推销员,他把那瓶洗发水送我。我问他为什么免费送我,他说这是他们公司新开发的产品,还没有知名度,让我用用,帮他们宣传一下。在年轻人的劝说下,我收下了那瓶洗发水。那天晚上,我就拿来用了,谁知,当天晚上怎么也睡不着觉,头皮发痒,难受,用手搔痒也不行。第二天一早,发现头上长满了小疙瘩,只得去了医院,花了100多块钱,如今才好呢!

年轻人听了赶紧说:"那不好的洗发水,用了当然会头痒了,我这可是好袜子,你穿上它还能头痒不成?"老张看了看袜子说:"这袜子看来没什么问题!"年轻人说:"你放心,绝对没问题!"年轻人又对我说:"你呀,被洗发水给吓住了,连我这好袜子也不敢要了,真胆小。跟你说,我们的袜子早就有人试穿过了的,没一点问题。这已经是生产的第二批了。我们免费送,当然,也就是为了扩大宣传。老人家都说没事,你也来一双吧!"年轻人赶紧打开包,取出一双袜子来递到我面前。见老张都要了,年轻人又如此热情,况且小小的一双袜子有问题也不会让脚长疮,于是我就收下了。

年轻人见我收下了袜子,高兴地说:"这就对了嘛!免费送给你们,我还有个小小的要求,就是你们穿了后,觉得袜子如何,给我们公司打个电话……"我连忙说:"穿了给你们打电话,那你们的袜子是不是……"年轻人笑着说:"大哥,你多虑了,袜子绝对没有问题,你尽管放心好了。我让你们打电话,只是公司想知道这袜子耐穿不耐穿,以便生产出更好的袜子来满足顾客的需求!"见年轻人这么说,我才放心了。然后年轻人给了我和老张一人一张名片,又说:"两位,这袜子你们尽管穿,在家里也穿,只要向我们反馈了信息,到时候,我们还会免费送袜子上门,以表谢意!"说完,年轻人笑着下楼去了。

当天,我就穿上了袜子。小心地过了两三天,脚不痒,感到这袜子还可以,于是就拿出年轻人的名片按了电话去,然后对他们的袜子赞扬了一番。对方高兴极了,一个劲儿地表示谢意,并表示会再次上门免费送袜子。

一晃,10天就过去了。这天,门铃响了起来,我高兴极了,以为是年轻人送袜子上门了,赶紧去开了门,是邻居老张,我说:"张叔,有事吗?那袜子还可以吧?"老张说:"袜子是可以,不过太贵了……"我说:"那是免费的呀!"老张说:"免费个屁!刚才我去交了电话费,结果吃了一惊,比平时多了二十几块钱,后来一想,觉得送袜子的年轻人的电话肯定有问题,让人一查,才发现打那个电话5块钱一分钟,问怎么那么贵,说是什么什么咨询热线,我才知道上当了,你打那个电话了吗?"我吃了一惊,说:"打了,接电话的是个女的,声音特好听,我还跟她聊了一会儿呢,打了整整8分钟!"

下午,我去交电话费,果然比平时多了40块钱。那双袜子,真是太贵了!

跳河的男孩

河岸上是来来往往的人,河里浮满了各种垃圾,有瓶子、有胶袋、有白色的饭盒……风吹来,从河里飘上来一股臭气。行走在河岸上的人都加快了脚步,有的人还用手捂住了鼻子。许多人都埋怨没人管这河,许多人都埋怨别人把垃圾扔在河里。与此同时,许多人随手将自己手中的垃圾扔进了河里。

其实,这河不是没人管,实在是管不了。以前每天都派人清理河道,可刚一清理,后面的垃圾又涌上来了。后来又在河边立了"扔垃圾到河里罚款50元"的牌子,可依然无效。巡视的人刚一走,后面就有人扔垃圾到河里。管不了,河里的垃圾于是越来越多了。

这时,一个在河岸上行走的男孩突然跳了下去,溅起高高的水花,巨大的响声惊住了前行的人,一个个停下来看着男孩。只见男孩在水里挣扎,时沉时起。有人便叫了起来,有人跳河了!有人跳河了!

叫声惊动了走来的警察,他往河里一看,发现了水里的男孩,衣服鞋子也来不及脱掉，就纵身跳了进去。警察游到男孩身边，拉着男孩，两人向前游去，游了几十米，方才找到了一个地方上岸。

人们赶紧围了上来，有人说，年纪轻轻的，有啥想不开的？人生没有过不了的坎！有人说，年轻人，是不是高考失利了？男孩摇摇头说，不是，不是！我都上大三了！有人说，那是失恋了吧？到处都是好女孩，何必为了一个人就寻死？男孩说，我还没有女朋友，哪里来的失恋？这时，警察说，那么你到底是为了什么要跳河寻死呢？男孩说，我不是寻死……人们笑了笑，说，还说不是寻死，我们都看见了，要不是这位警察，你早就没命了！

男孩看了看大家，说，真的，我真的不是寻死！我是跳河去捡一个瓶子……人们一下子哄笑起来，说，为了一个瓶子跳河？骗谁呀！什么瓶子值得你跳河去捡？男孩举起了左手，说，就是这个瓶子！男孩的手里拿着一个矿泉水瓶子，瓶子根本没有什么奇特之处。

有人从男孩手里接过了瓶子，仔细地看了看，说，没什么特别的呀？是这瓶子获奖了？男孩说，不是！有人就说，为了这样的一个瓶子跳河，真是疯了！要这样的瓶子，哪里没有？值得跳河？男孩不好意思地说，这个瓶子是我扔到河里的！

人们听了，又是一阵哄笑。有人说，年轻人，不就是扔了一个瓶子吗？又没人抓住你，还怕罚款？就是真有人抓住了你，也不能跳河呀！你不会游泳，跳下去不是找死吗？50块钱与生命相比，孰轻孰重，你一个大学生还分不清？人们附和说，就是，就是！什么大学生，我看书读多了，脑子出了问题！

男孩说，河里的垃圾够多了，我扔了瓶子在河里，要是我不去捡起来，就没有人会捡它起来。如此一来，河里的垃圾就会越来越多，河最终会成为垃圾河！我们生活在这个地方，环境要靠大家维护，要是这河将来成了垃圾河，我们生活在这里会感到幸福吗？人们听了，没有说话，沉思起来。

　　男孩说，我相信许多人同我一样，并不是有意要往河里扔垃圾的。但做错了事，就得改正。扔了垃圾在河里，就得把它捡起来。正因为河里的垃圾越来越多，才导致了更多的人往河里扔垃圾。美引导美，丑引导丑，这个道理相信大家都能明白。

　　男孩然后向警察道谢，走了。人们立即轰动起来，有人找来竹竿捞垃圾，有人下河捞垃圾……到天黑的时候，整个河里不见任何一点垃圾了。

　　以后的许多天，河里都没有垃圾，行走在河边的人，都不再往河里扔垃圾了。许多人都传说着一个不会游泳的男孩跳河捡自己扔在河里的瓶子的故事，都说他用自己的生命来维护环境，自己当然也不能破坏环境卫生。

　　其实，那个男孩会游泳，他也并不是大学生，他是才考上的公务员。为了治理河里的垃圾，他故意导演了一场跳河的戏，没想到真实现了他的愿望。

车妇和车夫

春桃没有想到她会以踩人力三轮车拉客为生。春桃的男人以前是个车夫，可是前不久出了事。那天，春桃的男人刚拉了一个客人，然后往回转的时候，结果和一辆车撞上了，三轮车翻了，春桃的男人倒在地上，恰在这时，一辆车开过来，司机根本没有任何准备，结果从春桃的男人身上压了过来。由于春桃的男人是违规在公路上转车，因此没有赔太多的钱。家里没了男人，春桃就得做一个男人，她的孩子不小了，正读高中呢，需要不少的钱。所以，春桃就踩上男人曾经用过的三轮车出了门。只要干得好，一天三四十块钱不成问题。男人在的时候，生意好时，一天能挣五六十块呢。差的时候，也没低过三十块。只要能挣钱，苦点累点，春桃也无所谓。

这天，春桃跑了一条又一条街，跑了大半天，一个客人也没有拉到。有一次，一个客人向春桃招了手，等春桃的三轮车靠过去，客人一看不是车夫，是个车妇，就没有了笑。再仔细一看，就摇了摇头说不走了。春桃知道，客人是怕她力气不够，踩得慢，说，你上来吧，我不会比别人踩得慢！但客人还是没有上车。春桃只有一米五多点，而且身子单薄，哪个客人都不想坐她的车，怕委屈了自己，也怕委屈了她。

一天下来，春桃筋疲力尽，全身都让汗湿透了，而她才只拉到了两位客人，只挣到了五块钱。五块钱，一个人的生活费都不够。躺在床上，春桃一个劲儿地叹气。春桃这时可怜起自己的男人来，男人没有享过一天清福，天天都那么累。要不是今天她拉了一天的车，还不知道这活儿那么累人。

第二天，春桃又踩着三轮车出了门。春桃还有孩子，孩子是她的希望，孩子读书非常努力，她得挣钱让他上大学。春桃以前是擦皮鞋的，一个月只有三四百块钱，要是多些收入，她也就用不着踩三轮车。

春桃刚上了大街，一个黑脸男人就冲春桃招手，说，三轮车，过来，过来！春桃赶紧踩着三轮车过去，男人没有嫌她是个车妇，上了三轮车，说，去城东大兴街，多少钱？春桃一听就笑了，说，五块。男人说，走吧。春桃就赶紧用力踩三轮车。春桃一下子有了精神，她非常高兴，一早来就有了生意，还是五块钱的生意，看来今天是个好日子。

十几分钟后，春桃把男人带到了城东大兴街，男人下了车，给了春桃五块钱，春桃接过钱，激动得差点想哭。恰在这时，旁边一个黑脸男人走了过来，说，去城北步行街，是四块钱吧？春桃笑着说，是四块。男人就上了车，说，走吧。春桃赶紧踩三轮车。春桃很兴奋，真不错呀，下了人又上人，一天跑下来，那还了得。这活儿是苦了点，但的确是个挣钱的活呀。

十来分钟后，春桃就把男人带到了城北步行街，男人下了车，给了春桃四块钱。这时，一个黑脸男人走了过来，说，我去城南车站。恰在此时，又走了一个胖男人过来，说，我也去城南车站。黑脸男人说，这车是我先叫的。春桃不想失去这两笔生意，就说，这样吧，你们两人都上，我只收六块钱，你们一人三块。步行街去城南车站,路挺远,一般都收五块钱,两个人才收他们六块钱,算是便宜他们了。胖男人一听就说,好! 胖男人一脚就踏上三轮车,一屁股坐了下来。黑脸男人看了看春桃,说,收我们六块钱,你不吃亏了? 春桃说,没事,上来吧! 春桃接连来生意,她高兴着呢。黑脸男人只得上了车。春桃便赶紧踩三轮车。两个大男人,果然不轻松,单薄的春桃没敢坐下来踩车,站着一个劲儿地猛踩,身子左右摇晃。到上坡的时候,春桃更是摇得厉害,三轮车却似千斤重,只能一点点地往上移。黑脸男人说,你等等,我下去走。春桃说,我踩得动,你还是坐着吧。要是这坡都上不了,那我还怎么生活? 春桃很要强,她要征服这段坡,她要征服苦难的日子。

终于,坡上了,然后就是下坡,春桃轻松了下来,很快就来到了城南车站。车一停下,就又过来一个黑脸男人。黑脸男人对春桃说,你可真行呀,拉了两个大男人。春桃不好意思地笑了笑。黑脸男人上了车,说,去城西县政府。黑脸男人没提价钱,春桃也没有提,就踩着三轮车往前跑……

这一天,春桃可累了,但春桃高兴,除去开支,净赚了五十多块钱。春桃就想,要是以后每天都能这样就好。春桃不怕累,春桃怕的是没有生意。

果然,此后的春桃天天都有不错的生意,天天都有三四十块钱的收入。春桃的脸上就笑开了花。

然而,春桃很快就发现了一件怪事,每天都有八个黑脸男人坐她的车,都是城东城北城南城西下车的下车,上车的上车。春桃想其中肯定有什么秘密。春桃就决定弄个清楚。

这一天,春桃没有去踩三轮车,她步行出了门。她来到城西的大街上,果然看到了一张熟悉的黑脸。黑脸男人在那儿张望着,像是在等人。春桃就在一边观察着。黑脸男人等了很久,没有等到人,就拿出了小灵通打电话。十来分钟后,来了七辆三轮车,停在了黑脸男人身边,大家一脸的惊讶。一个人说,她今天怎么了?怎么没出车?大家说,不知道呀!莫不是她知道了什么?凡军哥以前那么照顾我们,我们得好好照顾嫂子,要是她知道了这事,那以后我们怎么帮她?

凡军就是春桃的男人。春桃终于明白了一切。这些日子她的好生意,是这八个男人送给她的。这八个男人是凡军的同事,也是车夫,他们知道凡军死了,知道春桃拉车生意不好,就都来坐春桃的三轮车,好让她有一笔稳定的不错的收入。春桃没有上前去跟大家说什么,她流着泪走了。

第二天,春桃也没有出车。春桃不拉客人了,她找别的事情干了。

十八岁的送水工

他刚满十八岁,也刚高中毕业。他考得很好,上了重点本科,可是,家里没有钱。能让他读完高中,就已经很不错了。父亲死得早,母亲又多病,这样的一个家庭,要拿几千块钱上大学,不可能。于是他就到城里找事做了。他没有技术,也没有工作经验,在城里转了两天,总算找到了一份工作,就是当一名送水工。他年轻,还有些力气,当送水工正好合适。其实,开始的时候,老板见他年纪轻轻，是个毛头小伙子，还不肯要他，他好说歹说，再加上老板见他身材高大，力气大，最终才收下了他。

他很珍惜这份工作。虽然这份工作在别人眼里算不了什么。每天，他都得卖力地骑着自行车在街上穿行，自行车后面可是挂着三四桶纯净水。他送了一家又一家，来来回回地跑，在城里穿来穿去，把每一条街都跑过了。送水得送到客户家里，有时遇上几层楼没有电梯的，他就得用肩扛上水，送上门去。一天下来，累死累活。开始的时候，他受不了，晚上躺在床上痛得怎么也睡不着觉。可是他还是坚持下来了。同他一起当送水工的，没干几天，就因为受不了而跑了。一段时间过后，他总算适应了。

这天，他给一家公司送水去。第一桶水，是要送到老板办公室。他扛着一桶水，上了楼，来到老板办公室，见门开着就走了进去。老板刚接完一个电话，放下话筒，看了他一眼说，出去，出去！他说，怎么了？老板说，你怎么这么没礼貌？也不先在门外打声招呼就过来了！他说，扛着水走了几层楼，还这么重，实在等不及了……老板说，我不管！这也不是理由，你完全可以将水放下来，在门口先打一声招呼。你出去，重来一遍！他想想，自己的确是没有礼貌。可老板让自己重来，也太不尊重人了！

老板见他没有动，便说，你重来一遍呀！重来，我给你十块钱！你不会不要钱吧？他听了，看了老板一眼，没有说话，扛起水出了门。老板见了，就笑了起来，我就说嘛，没有不喜欢钱的！虽然在门外，但他还是听得一清二楚。

然后，他扛着水在门外说，老板，我是送水工，我可以进来吗？老板说，进来吧！他这才走了进去，然后换了水，拿着个空桶没有走，站在了一边。老板当真掏出十块钱来给他。他却不伸手接。

老板说,这钱,你不要吗?他说,我不要钱!你很懂礼貌,我在等你给我说"谢谢"!老板听了一下子不好意思起来了,对他说,谢谢你!他说,不用!然后,他拿着个空桶出了门。

老板突然叫住他说,你回来!他停住脚步,回过头来说,还有什么事吗?老板说,我觉得你不应该当一名送水工!他说,那你认为我该干什么?老板说,你愿意来我公司上班吗?他说,你为什么要我来你公司?老板说,我做过很多这样的游戏,让送水工重来,别的送水工都收了钱,只有你不要钱,只要一声谢谢。你很特别!他说,你这也是在做游戏吧!对不起,我不想来,我不想在一个会做游戏的老板手下做事!说完,他拿着个空桶,大步地走了。老板愣在那里,半天没说一句话。

偷　窥

有一个小国,人人都爱偷窥,法律不但不禁止,而且还支持百姓偷窥。政府的意思是,虽然偷窥让人们生活多有不便,但是因为人人都偷窥,那么,那些反政府人员和外国间谍都没有隐私可言,没法开展工作,这有利于和平,因此,偷窥是一件利国利民的好事。连政府都支持偷窥,人们自然就更加肆无忌惮地偷窥,都以偷窥为乐。也因为人人都爱偷窥,这个国家还真的非常和平,没有反政府人员,也没有外国间谍,就连本国国民的一些不良习惯,也都悄悄地改了。不光彩的一言一行,谁都不想被别人看到。

人人都爱偷窥,都在进行偷窥,但有一个叫卡尔的人却不喜欢偷窥,他不去偷窥别人,也不想让别人来偷窥他。不想让别人来偷窥,于是他就将门缝给堵上,又将窗户拆掉堵上,让屋子没有一丝缝隙,让那些偷窥者什么都看不到。卡尔以为人们什么都看不到,自然就不会来偷窥了。可没想到,什么都看不到,人们不但不离去,反而还引来了更多的偷窥者。大家看不到卡尔屋里的情形,就显得有些着急,心想,他在屋里干什么呢? 肯定有什么见不得人的事,要不,他不会把屋子弄得密不透风,不让我们偷窥。

　　越是看不到屋里的情形,人们就越是想看到,于是趁着卡尔不在家时,人们就找来工具,在卡尔的墙壁上打洞。人人都在卡尔的墙壁上打洞,不到半天时间,卡尔的墙壁上就有了上百个洞。那些洞不大也不小,刚好可以通过洞看到屋里的情形。以前只有通过门缝和窗户才可以看到屋里,现在有了这些洞,只要大家交换着看,卡尔屋里就一览无余了。为此,人们都很开心,心想,你不让我们偷窥? 现在,我们可以大看特看,什么都看得清清楚楚! 人们觉得自己胜利了,只需要等卡尔回来,就可以偷窥了。

　　卡尔回家后,发现墙壁上有上百个洞,知道是那些偷窥者打的,十分生气,心想,你们想来偷窥我? 我要让你们什么都看不到! 于是卡尔找来泥土和石子,将那些洞全都给堵上了。人们来偷窥的时候,发现卡尔将洞给堵上了,很失望,心想,你把洞给堵上了,就是不想我们偷窥! 你肯定有什么见不得人的东西! 你不让我们看,我们偏要看。于是人们又趁着卡尔不在家的时候,在他的墙壁上打洞。这次,人们不但打了更多的洞,而且将洞打得更大了,心想,你想把洞堵上? 这下我看你怎么堵!

　　卡尔回家后,发现墙壁上的一个个大洞,大吃一惊,心想,这事可不能这么完了,得报警!于是卡尔去了警察局,将人们在他墙上打洞的事说了,希望警察局能出面管管。但警察局给卡尔的答复是:这事不是人们不对,他不让人们偷窥,那是他的不是。人们在他墙壁上打洞,只是为了偷窥,并没有别的目的,没有恶意。如果他没有什么见不得人的事,为什么怕人们偷窥呢?得到这样的答复,卡尔很失望。警察局不肯出面管管,这事就只能靠卡尔自己解决,可是他不能再堵洞了,否则,人们还会打更大的洞。

卡尔回到家里,他守在一个位置好的洞口前,等待来偷窥他的人。他想,到时候,我在屋里突然吓一吓偷窥者,说不定他们就会走了。等啊等,终于有人来了。那人来到卡尔的屋子前,找了一个洞,往屋里看。卡尔突然不想去吓那个人了,他觉得真有意思,那个人来偷窥他,他也偷窥那个人。他要看看,谁坚持不住,最先离开。就在卡尔跟那个偷窥者相互偷窥时,又来了偷窥者。卡尔觉得更有意思了,大家只能看到他一个人,而他却可以通过一个洞,看到每一个前来偷窥他的人。看来,他才是一个胜利者。

前来偷窥卡尔的人,终于发现了卡尔的秘密:原来他在偷窥外面的人。每个偷窥卡尔的人都笑了:原来他也是一个偷窥者。每个偷窥者都为发现了卡尔的秘密而开心。由于卡尔不再堵墙上的洞,方便了人们偷窥,于是每天都有许多人来偷窥他。而卡尔,每天都早早地守在那个位置最好的洞口前,往外面偷窥。他觉得偷窥真是一件令人开心的事,他为自己爱上偷窥开心不已,他为自己曾经不去偷窥别人,感到非常后悔,觉得自己从前是一个无比愚蠢的人。后来,卡尔起床做的第一件事,就是从洞口往外面看看。

魔　镜

　　这天早上,天刚一亮,曾聪明就出门晨练。没跑多远,他就看到一辆小车飞向一个小个子,小个子毫不知情,他一个箭步冲过去,一把拉开了小个子。有惊无险! 小个子知道曾聪明救了他,连声道谢。曾聪明这时跟小个子面对面,不由吃了一惊:小个子穿着一件铁皮一样的衣服,他的眼睛发出蓝色的光芒。曾聪明问道:"你是外星人吗?"

　　小个子没有回答这个问题,却从身上掏出一面镜子,说道:"我没有别的礼物给你,就把这面镜子送给你吧! 每照一次镜子,就可以年轻十岁! 千万不可照的次数太多,否则会改变一切!希望它能造福你!"小个子把镜子塞给了曾聪明。曾聪明捏着镜子想,真有那么神奇吗? 这时,他一抬头,发现小个子飞了起来,天啊,他真的是外星人!

　　曾聪明拿着镜子,再也顾不得去晨练了,赶紧跑回了家。曾聪明把镜子对准自己,照了一次,然后又去照别的镜子,天啊,他真的年轻了十岁,太好了! 这简直就是魔镜啊! 曾聪明把魔镜对准自己又照了一次,太棒了,他又年轻了十岁,成了二十岁的小伙子。曾聪明向卧室走去,把还在睡觉的妻子弄醒了:"你看看我,是不是很年轻啊?"

　　妻子睁开眼睛,看到年纪轻轻的曾聪明,不由大吃一惊:"你怎么变得这么年轻,跟儿子差不多了?"曾聪明把魔镜的事告诉了妻子,妻子听了笑了:"我也要变年轻!"妻子赶紧爬起了床,拿着魔镜对准自己照了两次,然后她赶紧跑去照别的镜子,一照就眉开眼笑,她一下子就变得年轻了二十岁,成了十八岁的女孩:"真是太好了!"

妻子平时就想着美容,想着变年轻,如今成了女孩,再也不用去美容了,再也不用花时间和金钱了。妻子突然笑着说:"现在的人,不管是女人,还是男人,都想着变年轻,我们有了这么神奇的镜子,开个美容店,给人照一次镜子就收他一万块钱,我们可发大财了!"这倒是个好主意,别说是收一万,就是十万,人们也会毫不犹豫地接受。

说干就干,两人吃了早餐,连班也不去上了。现在有了魔镜,这简直就是他们的印钞机,根本用不着再上班了。接着,两人便去租了一间门面。至于装修,那也用不着,人们要的只是最终的结果,门面再精美也没用,况且,照一次镜子还不到一分钟,大家来去匆匆。曾聪明自己写了几个大字:超级美容店。店门边,详细介绍了美容效果。

很快就有人围上来看,开始,大家都不相信照一次镜子就能年轻十岁。不过,很快就有曾聪明的熟人认出了他们,发现他们夫妻俩都年轻了二十岁,决定一试。熟人走上前,曾聪明把魔镜对着他照了一次,顿时人们就发出了尖叫声:"天啊,他年轻了十岁!"熟人赶紧去旁边照别的镜子,顿时笑了起来:"我真的年轻了十岁,太神奇了!"

熟人又让曾聪明照了一次镜子,人们又惊奇地发现,他又年轻了十岁。这下,再也没有人怀疑这种超级美容了,都纷纷要求照镜子。照一次镜子收费一万元,不过,大家身上都没带这么多钱,于是纷纷跑去取钱。熟人帮了曾聪明一个大忙,曾聪明说他的费用就不用给了。很快,人们就取着钱回来了,大家开始排队,一个接一个地照镜子。

有要求照一次的,有要求照两次三次的,曾聪明忙着照镜子,妻子忙着数钱收钱。后来,妻子忙不过来了,干脆不数了,看看钱差不多,就直接收下了。照了镜子的人,就是活广告,不到半天时间,全城的人都知道了有家超级美容店,都知道这种美容很简单,只需要照照镜子就可以。于是,想变年轻的人都赶紧去取钱,赶紧来照镜子美容。

曾聪明和妻子的父母很快得到了消息,他们也赶来了美容店,发现果真如人们所说,也要求照照镜子。曾聪明说现在太忙了,等空了再给他们照。他们见人太多,便作罢了,看收钱太忙,于是便帮着收钱。钱实在太多了,他们又帮着送银行存钱。由于前来照镜子的人一直络绎不绝,中午,他们几个人都没时间吃饭,一直干到了天黑才歇业。

这时,夫妻俩的父母让曾聪明给他们照照镜子,曾聪明想:他们等会儿肯定会让我分钱给他们,不行!我得把他们变成孩子,让他们听我的安排!想到这里,曾聪明给他们照了五次镜子,顿时,六十多岁的人变成了十几岁的孩子。他们突然呆住了:曾聪明夫妻两人不见了!他们都变成了孩子,还是孩子的他们,当然不可能有孩子啦!

特　效　药

　　马拉尔岛是一座小岛，岛上风景优美，到岛上来旅游的人很多。可是，许多到岛上来旅游的人都病了，他们去了医院，看了医生，拿了药，打了针，甚至还住了院，病却没有一点起色。一个叫汤姆森的人，开了一个诊所，有病人到他的诊所去看病，汤姆森只开一点药，就药到病除。不过，汤姆森只给外国人看病，不给岛上的居民看病。由于汤姆森接连治好了几个外国人的病，且都是药到病除，因此，他一时声名鹊起，被外国人称为神医。可是，熟悉汤姆森的人都知道，他只是一个大学生，根本没有学过医，甚至没到医院做过任何事，那么，他为什么却成了一个神医呢？

　　且看汤姆森是如何看病，如何开药的吧。

　　一个大腹便便的男人走进了诊所，他一副有气无力的样子，一进诊所，就瘫在了椅子上。汤姆森连忙问男人："先生，你是哪国人啊？"男人看了一眼汤姆森，有气无力地说："医生，我是 A 国人！"汤姆森"哦"了一声，说道："看样子，你是吃什么东西都要呕吐……"男人说："医生，你可真是神医！你说得一点没错，我这两天啊，只要吃了东西，立即就呕吐，可把我给整惨了！医生，麻烦您给我开点药！"汤姆森笑着从柜子里拿出一袋面包递给男人，说道："先生，你每天只需要吃一小块面包，保证就没事了！"男人看看那袋面包，惊讶地说："医生，你没弄错吧？你给我面包,我现在是很饿,但我不需要面包,我需要药……"汤姆森说:"先生,你就听我的吧,这没错,就是药,而且是特效药!"男人见汤姆森如此肯定,于是便撕了一小块面包放进嘴里。一会儿,他就笑了:"真神了!我现在感觉好多了,你这果然是特效药!"然后,男人满意地付了钱,笑眯眯地离开了诊所。

这时,一个小伙子走进了诊所,他刚一坐下来,就问汤姆森说:"医生,你的厕所在哪里?"汤姆森指指旁边的一道门,说:"在里面!"小伙子赶紧上前推开门走了进去。一会儿,小伙子走了出来,在汤姆森对面坐下,说道:"医生,我这几天总是拉肚子,几乎有一半的时间都是待在厕所里,麻烦你给看看是怎么回事。"汤姆森说:"你是哪国人啊?"小伙子说:"我是 B 国人!"汤姆森"哦"了一声,说道:"你是喝了水,就更要拉肚子……"小伙子说:"是这样的。都吃了几天的药了,却没一点效果!"汤姆森拿出一瓶水递给小伙子,说道:"你每天只需要喝一口药,就没事了!"小伙子接过了瓶子,说:"这是一瓶水啊!"汤姆森说:"这是特效药!"小伙子一愣:"特效药?"汤姆森说:"是的,特效药!你喝吧,喝了马上就不拉肚子了!"小伙子半信半疑地打开了瓶子,喝了一口水,笑着说道:"嗯,我感觉舒服多了!这果然是特效药!"然后,小伙子爽快地付了钱,笑眯眯地离开了诊所。

接着,一个穿着时髦的女人走进了诊所,她一进诊所就咳嗽。汤姆森连忙叫女人坐,并问道:"美女,你是哪国人啊?"女人说:"我是 C 国人!"汤姆森"哦"了一声,说道:"看样子,你来到这里就一直在咳嗽,还挺严重……"女人咳了两下,说道:"是的,是的,我一来这里就一直在咳嗽,去了医院,拿了药,却没效果,听说你药到病除,所以就来找你了!"汤姆森拿出一个瓶子递给女人,说道："美女，你每天只需要打开这个瓶子，然后对着瓶子呼吸几次，就没事了！"女人接过了瓶子，发现那是一个空瓶子，就盯着汤姆森说："医生，这是一个空瓶子，里面什么也没有啊！"汤姆森说："里面的是特效药！看上去是空的，但事实上并不是空的，你现在就试试！"女人见汤姆森信誓旦旦的样子，于是就打开瓶子，对着瓶子呼吸了几次，真是神了，她不再咳嗽了。女人满意地笑了："你真是神医！这果然是特效药！"然后，女人爽快地付了钱，笑嘻嘻地离开了诊所。

一天下来，汤姆森的诊所有不少外国人进进出出。汤姆森药到病除，那些外国人相互传说他的医术，汤姆森的生意越来越好。汤姆森的旁边是一家小超市，老板叫吉尔特，他的超市生意虽然也不错，但远远没法与汤姆森的生意比，他十分眼红汤姆森，于是他注意着汤姆森的一举一动。他发现，每天晚上，汤姆森都会独自出门，然后拉回许多东西放进诊所。

这天晚上，吉尔特跟踪汤姆森，发现汤姆森去垃圾场捡了许多垃圾食品，还去工业区的排污水管接了许多污水。更让吉尔特吃惊的是，他还发现汤姆森用瓶子把汽车的尾气收集起来。吉尔特心里想，这些东西，可都是没用的东西，他拿来干什么呢？吉尔特再也忍不住了，他走上前说道："汤姆森，你这是干什么？"正在收集尾气的汤森姆说："小声点，别让人听见了！"吉尔特想汤姆森一定有什么不可告人的秘密，于是他一再纠缠汤姆森，最终，汤姆森道出了秘密："A 国的食物严重污染，A 国人每天都吃有污染的食物，可是到我们这里来，我们的都是干净食物，他们吃我们的食物，反而会不舒服，我捡的垃圾食品，就是他们的特效药。只要他们每天吃点垃圾食品，就不会呕吐了！"吉尔特连连点头。

汤姆森接着说道："B国的水严重污染，B国人每天都喝着有毒的水，可是到我们这里来，我们这儿的水都是干净的，他们喝了我们的水，反而会拉肚子，我接的工厂的污水，就是他们的特效药……"吉尔特恍然大悟："我明白了。你收集的汽车尾气，也是外国人的特效药！"汤姆森说道："没错！C国的空气严重污染，C国人到了我们这儿，反而对清新的空气无法适应，以至会不断地咳嗽。让他们呼吸点汽车尾气，他们反而感觉挺好！"吉尔特笑了："原来神医这么简单！这特效药也这么简单！"说完，吉尔特赶紧开车往垃圾场驶去，他也要去搞点特效药，明天，他的超市要改卖针对外国人的特效药了。

复 制 机

刘教授经过十年的努力，终于梦想成真，制造出了世界上唯一的一台特别的复制机。只要你往复制机里面放上东西，不管是什么东西，你按一下复制键，就能成功地复制出那样的东西。复制出来的东西看上去跟原来的一模一样。唯一的缺憾就是拿复制品放到复制机不能复制。虽然如此，这也并没有多大关系。只要放一个面包，想复制多少就按数字，就可以复制成千上万的面包，根本用不着复制品来复制。

刘教授把这个好消息告诉了他的妻子春天。春天不相信，说，世上不可能有这样的机器。刘教授就掏出一张百元大钞放进复制机里,他按了数字,要复制五张,然后再按复制键,接着,复制机就吐出来五张百元大钞。春天看了抱住刘教授跳起来,说,这机器就是印钞机嘛,以后我们发财了! 刘教授笑着说,比印钞机更厉害,我们想要什么就有什么。对了,这事千万不能告诉任何人。我也不会去申请专利。知道的人多了,别人就会打这机器的主意! 要是政府知道了,肯定会没收这机器! 春天听了一个劲儿地点头。

从此,刘教授和春天不用再干活了,他们要钱就复制钱,要面包就复制面包,要衣服就复制衣服。复制机小,他们的房子不能复制,他们只好复制了大量的钞票买了别墅。他们天天吃喝玩乐,家里的卫生都请人打扫。他们成为世界上最快乐的人。

这天,刘教授出门回来,走进别墅,看到春天正在打扫卫生。平时都是别人打扫,今天却是春天在打扫,这让刘教授很意外,他说,你怎么想着干活了? 春天说,没事,活动一下! 刘教授笑了笑,往里面走。

刘教授经过洗衣间,听见里面有声音,便走进去一看,春天在洗衣服。刘教授吃了一惊,怎么又有一个春天? 莫不是我看错了? 刘教授用手擦了擦眼睛,仔细一看,洗衣服的人的确是他的妻子春天。刘教授感到太意外了。

刘教授走进卧室,又看见了一个春天,这个春天还在擦地板。刘教授这时明白了,春天复制了自己。刘教授说,你为什么复制自己来干活,让别人干不就行了? 春天说,让别人干得开工资呀! 自己干,钱就省出来了! 刘教授说,我们有复制机,要钱就有钱,还用得着干活? 春天说,别人打扫,我不放心,还是自己打扫得干净些! 刘教授看看春天,摇了摇头。刘教授想这人肯定是个复制品。

刘教授打开电脑上网，这时，又来了一个春天。春天说，你跑到哪儿去了？我找你逛街半天都找不到！刘教授说，天天逛街，你就不嫌烦吗？春天说，我去洗手间，你把电脑关了，等会儿跟我逛街去！

刘教授心想，这个要让他去逛街的春天是不是真正的妻子呢？春天到底复制了多少个自己，刘教授无法知道。如果每个春天都来找刘教授陪她，那刘教授可就麻烦了。刘教授想，她可以复制自己，我也复制自己来应付她，到时候，真正的我，想怎么样就怎么样！刘教授高兴地跑到复制机面前，按了下数字键，接着又按了复制键，然后他就钻进了复制机里面。刘教授在复制机里面待了好长一段时间，复制机都没有反应。刘教授很纳闷，从复制机里爬了出来，又重新按键，然后又钻了进去。等了好久，复制机还是没有反应。刘教授明白了，肯定是春天在复制自己后，怕他也复制自己，于是就把复制机给弄坏了。如果不是这种情况的话，那么，他就是一个复制品。太可恨了！春天居然连他也复制了。而真正的他，又在哪里呢？

刘教授十分生气，就把复制机砸毁了。这时，春天跑来了，一下子来了四个春天，她们说，我到处找你，原来你却在这里。你怎么把复制机给毁了？你有病呀！刘教授说，我有病？我看你才有病，弄几个自己来糊弄我，还把复制机给弄坏了！春天说，我弄坏了？这么好的机器，我弄坏它干吗？刘教授说，刚才我复制没有任何反应……春天说，我怕一直接着电源复制机会不耐用，就断了电源……刘教授听了怪自己太冲动了。不过，他庆幸自己不是复制品。春天说，明天你再做一个吧！刘教授说，你说做就做呀！

你以为是做面包那么简单呀！唉，有了复制机，反而让我有了更大的麻烦，以后，我再也不研究这机器了！

从此，世界上再也没有这样的复制机了。

残　疾　人

曾奇怪买彩票中了一大笔钱，消息一传开，大家都来找他借钱，他可不想把钱借出去，于是他带上钱去各地旅游，准备把钱花光了再回来。这天，曾奇怪来到了奇奇市。在来之前，他就听说这里的人很奇怪，具体怎么奇怪，不清楚。来到市区后，曾奇怪很快就发现了奇怪之处，这里的人一个个都仰着头——他们都是残疾人。他们怎么都仰着头呢？怎么都成了残疾人呢？仰着头不怕摔跤吗？曾奇怪觉得不可思议，于是决定弄个明白。

这时，曾奇怪看到一个胖子，胖子夹着一个皮包，很有气质，似乎是个领导，找他问问，肯定能得到答案。于是曾奇怪拦住了胖子，问道："请问，你是领导吗？"胖子笑着说："我就是领导！"问他错不了，于是曾奇怪问道："你为什么总是仰着头啊？"胖子笑着说："我是领导，我手中有权，我当然要仰着头啦！"说完，胖子得意扬扬地走了。曾奇怪对着胖子的背影哼了一声："不就是手中有权吗？就这么得意！真没素质！"

这时，曾奇怪又看到一个一身名牌的男子走了过来，看样子，这是一个富豪，找他问问，肯定能得到答案。于是曾奇怪拦住了男子,问道:"请问,你是富豪吗?"男子笑着说:"我就是富豪!"问他错不了,于是曾奇怪问道:"你为什么总是仰着头啊?"男子笑着说:"我是富豪,我手中有钱,我当然要仰着头啦!"说完,男子得意扬扬地走了。曾奇怪对着男子的背影哼了一声:"不就是手中有钱吗?就这么得意!真没素质!"

这时,曾奇怪又看到一个女人走了过来,许多人都盯着她看,女人似乎知道大家都在看她,就把腰肢扭了起来,于是她就更好看了。这是一个美女啊,找她问问,肯定能得到答案。于是曾奇怪拦住了女人,问道:"美女,你为什么总是仰着头啊?"女人得意地说道:"我是美女,我当然要仰着头啦!"说完,女人得意地扭着腰肢走了。曾奇怪对着女人的背影哼了一声:"不就是长得美丽吗?就这么得意!真没素质!"

一连问了三个人,都没得到满意的答案,曾奇怪很失望,看来,得找平民百姓问问,才能知道答案。这时,一个穿着普通的男人走了过来,看样子,他手中既没有权,也没有钱,找他问问,肯定能得到答案,于是曾奇怪问道:"你为什么总是仰着头啊?"男人笑着说:"我是一个裁缝,我有技术,我当然要仰着头啦!"说完,男人得意扬扬地走了。曾奇怪对着男人的背影哼了一声:"不就是有点技术吗?就这么得意!真没素质!"

连一个平民百姓都这样,看来,这满意的答案真是难得了。突然,曾奇怪的眼睛一亮,一个乞丐正仰着头走过来,找他问问,兴许能得到满意的答案。于是曾奇怪掏出钱包,拦住乞丐,给了他十块钱,然后问道:"你为什么总是仰着头啊?"乞丐笑着说道:"这还用问吗?我是乞丐,我不用干活,我当然要仰着头啦!"说完,乞丐得意扬扬地走了。曾奇怪对着乞丐的背影哼了一声:

"不就是不用干活吗？就这么得意！真没素质！"

　　曾奇怪摇着头，叹息不已，现在他不知道该找什么人问了。这时，两个警察走了过来，他们说道："我们已经注意你好久了，你刚才拦着别人问话，你想干什么？"曾奇怪把原委说了，说："这里的人都仰着头，都是残疾人，太不可思议了！"两个警察说："你说我们是残疾人？如果我们算是残疾人，你不也跟我们一样！"曾奇怪一愣，他看到前面有一面大镜子，于是走了过去，他惊呆了：镜子里的自己仰着头，也是一个残疾人！

珍 稀 动 物

　　在遥远的南方有一座岛屿，岛上住着的都是女人，岛上的女人把这个岛叫作女人岛。一直以来，女人岛上只有女人，没有男人。虽然没有男人，但岛上的女人却一直生生不息，原来她们掌握了一项技术：只要从自己身上取一点点肉，便可以复制出一个一模一样的女人，她们把这项技术叫作克隆。岛上的女人相互尊重，安居乐业，世世代代，生生不息。

　　有一天，一个女人离开女人岛去打鱼，结果由于她偏离了航线，去了另一个国家，从此再也没有回到女人岛。女人在那个国家成了亲，有了家庭，她把女人岛的故事讲给了她的儿女听，让他们不要告诉外人。儿女们把女人岛的故事一代代地传下去，也不知道传了多少代，传到了一个儿子的耳朵里。这个儿子长大后，成了男人,他决定去女人岛一探究竟。

男人后来驾着船出了海,往南方驶去,也不知道驶了多少天,终于发现了一座岛屿,他听到岛上传来女人的笑声,想这肯定就是女人岛了,于是驶了过去。这个岛的确就是女人岛。岛上的女人看到一艘她们从没见过的船驶过来,心想这肯定是外来之船,她们不知即将到来的是福还是祸,不敢掉以轻心,立即敞开嗓子叫来了两名警察,以防不测。

近了,近了,更近了。男人清清楚楚地看到,岛上站满了如花似玉的女人,男人满脸笑容:太好了,这么多女人,我想娶谁就娶谁!男人把船开过去,靠了岸,停下船,他便迫不及待地跳下船,对大家打着招呼:"美女们,你们好啊!"可是大家见了他都一愣,都惊慌地叫了起来。男人不知道大家叫的是什么,以为是欢迎他,却看到两名警察扑过来。

男人想自己来到女人岛,警察肯定要检查一下他的证件,便准备掏身份证。男人一掏身份证,两名警察心想男人肯定是掏枪,立即就把他扑倒在地。男人大叫:"你们这是干什么?没见过男人也别这么急啊!"大家根本就听不懂男人的话,以为他要反抗,一名警察立即就给了男人一拳,还说要是再吼就打扁他的嘴巴。男人挨了一拳,再也不敢乱吼了。

男人被带到了警察局,关了起来。警察局长见了男人,也不知道男人是何东西,立即请来了专家。专家看了男人后,又去查阅了许多资料,最后下了结论:这是男人!警察局长立即把抓到一个男人的事向上报告,最后,女人岛的最高长官——岛主知道了这事。岛主也从没有见过男人,便让警察把男人带过来。一见男人,岛主就乐了:这个男人真奇怪!

　　岛主告诉警察局长，千万不能伤害了男人，一定要把他照顾好。不久，男人离开了警察局，住进了一幢新建的房子。房子富丽堂皇，胜似皇宫。每天，照顾男人的女人就有四个，她们一个个都如花似玉。男人笑了：看来，她们都把他当皇上对待了，也许，不久的将来，他就会拥有他的皇后。男人想这里这么多女人，她们肯定会为得到他争个头破血流。

　　几天后，皇宫里便人来人往，那些女人都来看他。男人想，她们想他肯定想疯了，都要一睹为快。男人还发现皇宫门口每天都有四名警察把守，皇宫里还有四名便衣警察随时跟在他身后，男人想自己的待遇可真够高啊，自己真是不虚此行啊。后来的日子里，每天都有很多女人来皇宫看男人，她们对着男人指指点点，说说笑笑，都对男人特别满意。

　　男人想，岛上这么多女人，她们都看上了自己，自己真是太幸福了！每天，男人对着前来看他的女人又是吹口哨，又是抛飞吻。大家见了男人的样子，都开心地笑起来，还说："这男人真好玩。还是岛主聪明，没有把他枪毙，而是把他关起来，让我们来参观。"男人见大家笑了，飞吻抛得更欢了。男人不知道，皇宫门上写着：珍稀动物园。

完 美 无 缺

　　曾聪明折腾了半辈子,终于发明了特效增生剂。特效增生剂,可不一般,断了手,断了脚,甚至少了耳朵鼻子,只要在相应的部位注射特效增生剂,那么,缺的手啊脚啊耳朵鼻子什么的,都可以再长出来。尽管广告费花了不少,但大家对这特效增生剂还是持怀疑态度,那些残疾人,本来就够痛苦的了,当然不敢前来一试究竟。为此,曾聪明很着急,他本来是为了残疾人,才搞的发明,现在残疾人却不敢来注射特效增生剂,那他不是白费了心血吗?

　　为了吸引残疾人来注射特效增生剂,曾聪明于是再次打出广告:无效全额退款,一旦出了事故,每人赔偿一百万元。消息传开,终于有残疾人上门来了。来人是个小偷,从前在偷窃时,被人砍掉了一只手,听说特效增生剂可以让他生出手来,便来试一试。他想的是,如果真的生出了手,那很好,要是生不出手来,那就更好了,可以得到一百万元的赔偿。曾聪明对这个前来试试的小偷十分看重,知道小偷就是他的活广告,于是一切费用都给小偷免掉了。

　　特效增生剂效果就是明显,不到三天,小偷断手的地方就长出了一截,一周后,就生出了一点点手指。瞧这样的速度,不出一个月,小偷的手就能完全长出来。真是高科技啊!小偷为此倒有些失望,那一百万的赔偿,显然得不到了。可是,残疾人却看到了希望,纷纷涌进了曾聪明的研究所,要求注射特效增生剂。曾聪明笑眯了眼。可是几天下来,他就累得筋疲力尽,直想罢手不干了。好在有商人看中了特效增生剂的前途,跟他合作,他才轻松些。

为了更好地推销特效增生剂,商人给它取名叫完美无缺。曾聪明觉得这名字真好,让残疾人不再残疾,就是完美无缺嘛!有了"完美无缺"这个名字,特效增生剂一时间异常火爆,不但残疾人纷纷购买注射,就是正常人,也来打听能不能多生一只手,或者一只脚,或者一只眼睛,等等。原来,现在的手啊脚啊眼睛啊,已经完全不够人们使用了。比如,人们开车的时候,需要两只手两只眼,可还需要一只手一只眼玩手机,所以,非常需要第三只手第三只眼。

想到人们的需要,曾聪明觉得特效增生剂还不够完美,于是他又埋头研究。由于有了前期研究的完美无缺,因此,他没费多大工夫,就成功地将现有的完美无缺升级成了更高级的完美无缺。新的完美无缺真的算得上完美无缺,一个正常人,想要多生一只手,在需要的地方注射完美无缺,一个月后,一只新的手就生长出来了,跟原来的手一模一样,一样玩手机,一样开车,一样拿筷子吃饭,真是太棒了!完美无缺一上市,人们就纷纷购买注射。

不久,大街上就出现了各种各样的怪人,有的长着三只手,甚至四只手;有的长着三只脚,甚至四只脚;有的长着两双耳朵;有的长着两双眼睛……尽管现在的人看上去个个都像怪物,但习以为常后,大家也就见怪不怪了,反而还觉得多了手脚,大大地方便了。就连曾聪明自己,也是有了两双手、两双脚、两双眼睛、两双耳朵、两张嘴巴,真的大大地方便了,不但工作起来效率提高了,而且干活和娱乐两不误。有时候，曾聪明觉得自己就像是两个人。

一天，商人上门来了。一进门，商人就夸奖了曾聪明一番，说他是前无古人、后无来者的大发明家，为人类做出了前所未有的贡献，让人类的能力得到了充分的体现，还让工作和娱乐两不误。接着，商人说道："尽管我们的手脚、眼睛、耳朵够用了，但是，有时候，我发现一个脑袋完全不够用，伟大的发明家，你能不能再努力一下，让我们的脑袋也能多长一个，那样，不但工作起来更轻松，而且工作娱乐绝对可以两不误。"曾聪明点了点头，说努力试试。

曾聪明到底聪明，经过两个月的努力，新的特效增生剂研制出来了。曾聪明将它注射到鸡的身上，鸡又长出了一个脑袋；又将它注射到狗的身上，狗也长出了一个脑袋；再将它注射到猪的身上，猪也长出了一个脑袋……注射了新的特效增生剂，就能长一个脑袋出来，看来，现在的完美无缺，真的是完美无缺了！曾聪明欣喜若狂，连忙给商人打电话报喜："我的大老板，我的完美无缺真的完美无缺了，赶快来看看我的研究成果吧！"商人听了连连说好。

不一会儿，商人就来到了研究所，一进门就说："伟大的发明家，恭喜你研究成功！来，赶快给我注射一支完美无缺，我要长一个脑袋出来！有了两个脑袋，我工作起来就轻松多了，而且工作的时候，还可以照常娱乐，实在太棒了！"曾聪明见商人连试验成果都不去看看，就要注射，于是二话不说就给商人注射了一支完美无缺，还说："大老板，等你新的脑袋长出来了，可得给我报喜啊！"商人笑眯了眼，说等长出了新的脑袋，还要重重奖励他。

此后的每天，商人都打电话向曾聪明报告情况。一个月后，商人完全多了一个脑袋。这天，商人来到曾聪明的研究所，说道："快，快想想办法，我要砍掉一个脑袋……"曾聪明一愣："怎么了？两个脑袋不好吗？"商人说："不好！很不好！一个脑袋工作，一个脑袋娱乐的话，工作的对娱乐的有意见；要是两个脑袋都工作，它们的想法却又完全不同，吵得不可开交，根本没法开展工作！总之，两个脑袋非常不好，你快想办法给我砍掉一个！"

曾聪明发现两个脑袋的嘴巴都在说话，吃了一惊，说："砍脑袋倒是没有问题。问题是砍掉哪一个脑袋呢？"原来的脑袋说："砍掉它！砍掉它！"新的脑袋说："砍掉它！砍掉它！""看看，我们意见不同吧！这就是两个脑袋不好的地方！"两个脑袋的嘴巴异口同声。曾聪明顿时瘫在了地上——早在半个月前，他也注射了完美无缺。他想比别人再多一个脑袋，就注射了两支完美无缺。看到两个脑袋这么可怕，一想到自己将来有三个脑袋，就吓瘫了。

神 奇 的 酒

刘大勇是一个神偷，他在偷盗界赫赫有名，出道十几年，仅失过一次手，他的徒弟遍布大江南北，个个都身手不凡。在偷盗界，刘大勇被人称为老大，小偷们都愿意听他的。因为是老大，所以，刘大勇几乎不用再偷盗，每个月就等着小偷们上贡，他就过得有滋有味。可是，作为一个神偷，要是不偷盗，那本事放着不用，岂不是太亏了？因此，刘大勇还是要偷，当然不偷一般的东西。小偷小摸的，太没意思，也有失他的老大身份。

刘大勇听说马博士有一瓶神奇的酒，他就是喝了这酒，才研究出了许多成果，因此，刘大勇决定偷取马博士的酒。他想，马博士喝了酒，有了这么大的成就，自己要是喝了这酒，肯定也能有所作为，干一番大事业。这马博士在国内外赫赫有名，是科学界的精英，想偷他，当然不容易，而一旦成功，那就会名声大振。刘大勇摩拳擦掌，没有声张，也没有带徒弟，自个儿悄悄地来到了马博士的研究所，等待机会再出手。他只许成功不许失败。

刘大勇发现，马博士的研究所周围有好几个鬼鬼祟祟的人，不用说，他们都是小偷。刘大勇还发现了自己的一个徒弟。好在刘大勇乔装打扮了，徒弟没有认出他来。这些小偷的水平实在不怎么样，根本就进不了马博士的研究所。马博士的研究所里处处都是机关，只要一触动，就会立即报警，警察很快就会赶过来。更可怕的是，弄不好，有的机关就把人给抓住了。据说有两个小偷进入研究所触动了机关，突然冒出的电棍就将他们击倒在地。

刘大勇是神偷，对于马博士的机关，他当然不会在乎。这些年，他走南闯北，什么样的机关都见识过。夜深人静，刘大勇借着夜色，成功地溜进了马博士的研究所。此时，马博士早已回家休息了，刘大勇一个人在研究所里想怎样就怎样。到处都是保险柜，刘大勇一一打开，却没有找到那瓶神奇的酒，难道马博士把它带走了？刘大勇突然看到桌子上有个奇怪的瓶子，他上前打开一闻，天啊，原来是酒，就是它了！于是他对着嘴喝了起来。

喝完了酒,刘大勇觉得自己很精神,他笑了:这博士的酒真是好酒啊!自己肯定能干大事了!刘大勇笑眯眯地出了研究所,他发现那几个鬼鬼祟祟的人还在研究所周围转来转去,看样子,他们还没有想到办法进去。刘大勇见了心想,你们好大的胆子,敢偷马博士的东西。刘大勇上前抓住一个人,将他打晕在地,接着,又去抓了一个,又将他打晕在地。很快,那几个人都被刘大勇打晕在地,然后刘大勇掏出手机报了警,让警察赶紧来抓人。

打完电话,刘大勇去了几个徒弟聚集的出租屋。他一进去,徒弟们就喊老大。刘大勇没吭声,立即对迎上来开门的徒弟一拳砸去,当场就把这个徒弟砸晕在地。其他徒弟见了都呆了,心想他肯定得罪了老大,老大才出手打他。可没想到的是,刘大勇走上前,对着他们一人一拳,还没等大家反应过来,就全都被打晕在地。看着倒了一地的徒弟,刘大勇高兴地笑了起来,然后他掏出手机报了警,说他抓住了几个小偷,让警察赶紧来带走他们。

刘大勇扬长而去,又去了另一个出租屋。这里的小偷不是他的徒弟,可他们还是叫他老大。一个小偷还给刘大勇让座,刘大勇对着这个小偷就是一拳,小偷哼了一声,就晕了过去。其他小偷见了都傻了,盯着刘大勇目瞪口呆,刘大勇上前对着他们一人一拳。有人躲得快,闪到一边喊道:"老大,你打我们干啥?"刘大勇说:"打你们干啥?你们都是小偷,不干好事,成天就打别人的主意,我打的就是你们!"说完,刘大勇举着拳头就打。

小偷们不敢还手,只能躲。有的小偷见势不妙,赶紧溜走了。没跑的小偷,最后都被刘大勇给打倒在地。看着一地的小偷,刘大勇十分开心,又掏出手机报了警。当然,不久警察就赶来了,他们看到一地的小偷,都觉得不可思议,平时,他们想抓这些小偷,可总是抓不到,没想到现在有人却替他们出了手,把这些小偷给解决了。谁这么厉害啊?让警察们没想到的是,后来他们又陆续接到电话,让他们去抓小偷,每一次去都带走了不少小偷。

几天后,警察们才得知一个消息:偷盗界的老大刘大勇专门跟小偷作对,凡是他知道的小偷都被打了,打了就报警叫警察来抓人。为此,小偷们都躲他了。大家就想,要是抓住了刘大勇就清楚了。机会来了,这天,警察们在抓小偷的半路上,正好遇到了刘大勇,于是便把他给抓了起来。刘大勇问道:"你们抓我干什么?我帮你们抓小偷啊!"警察告诉他,因为他是偷盗界的老大,抓住他,意义非凡。然后,警察将刘大勇带回了警察局。

警察问刘大勇为什么要跟那些小偷作对,他也是小偷啊!刘大勇说以前他是小偷,但自从在马博士的研究所喝了一瓶酒后,他就开始恨那些小偷了。警察立即与马博士联系,马博士说:"我发现我的那瓶酒不见了,正感到奇怪呢!原来是被人给喝掉了!那瓶酒加了正义药,我每天都喝一口,这样,我就会想着让科学为人类服务,而不会去发明危害人类的东西。他倒好,把一瓶酒全给喝光了,这正义感可真够强啊!"警察听了都笑了起来。

倒 行 的 人

奇奇市养狗的人越来越多,有钱的人养,没钱的人也养;女人养,男人也养;老人养,孩子也养。大街上,人来人往,狗来狗往。曾奇怪没有养狗,他不是没有钱养狗,也不是没有时间养狗,而是他怕狗。小时候,曾奇怪生活在乡下,乡下人为了防盗,几乎家家户户都养狗,他家里就养着两条狗。有一次,曾奇怪跟狗玩的时候,狗竟然咬了他的右手一口。当时,曾奇怪痛得要命,大哭大叫。如今,曾奇怪的右手上,还有狗咬过的疤痕呢!因为怕狗,因为街上有太多的狗,所以,曾奇怪怕上街了。当然,不可能永远都不出门。每次曾奇怪上街,都会带一根拐杖出门,用来防狗。

因为街上狗多,随地大小便,严重影响了市容市貌,而且被狗咬伤的人也越来越多,人们谈狗色变,因此,有关部门对狗进行了一次大清理,凡是养狗的,都得办证,交纳管理费。同时,对于城区里的流浪狗,全部处置了。如此一来,养狗规范化了,狗随地大小便的问题少了许多,狗随意咬人的事也少了许多。曾奇怪得到这样的消息,万分高兴,终于可以安心地上街,不用带根拐杖了。年纪轻轻,上哪里都带根拐杖,让人笑话。

这天,曾奇怪轻轻松松地出了门。大街上,还是有很多狗。曾奇怪不再像以前那样害怕了,大步向前走去。走了半条街,曾奇怪旁边的一个行人突然叫了起来:"哎哟——"曾奇怪吃了一惊，停住了脚步。被狗咬的行人也停住了脚步，回头问："你们谁的狗咬了我？"一个人说："不是我的狗咬的！"另一个人说："也不是我的狗咬的！"再一个人说："也不是我的狗咬的！"后面的几个人，都说不是自己的狗咬的。行人就生气了，说："你们都不承认，你们混蛋！"行人无可奈何，然后去医院打针。

曾奇怪见了，为那个行人感到不平。无缘无故地就被狗咬了，还得自己掏钱打针，太可恶了！太可怕了！

同时，曾奇怪也害怕了，还是很容易被狗咬呀。前面的狗，都走在主人前面，自己不用担心。关键就是自己身后的狗，谁知道它什么时候突然上前来咬人一口啊！看来，得防着后面的狗才行。为此，曾奇怪走路小心翼翼，一步一回头。就这样，曾奇怪走了一条街，觉得太累了，脑袋都给转痛了。老这么回头，别人肯定认为自己有神经病，说不定还真转出什么病来。怎么办呢？

突然，曾奇怪灵机一动，有了办法——倒行。现在，好多人在锻炼身体的时候，都倒行，说有益身心健康。曾奇怪就转过身子，倒着行走。曾奇怪虽然走得慢，但是能注意跟来的每一条狗的一举一动。这一天，曾奇怪看到好几个人都被狗咬了，但是，他一点事都没有。有一条狗想上前来咬他，他看得一清二楚，还没等那狗张口，他就踢了狗一脚，狗负痛逃走了。曾奇怪为此暗暗得意。虽然很多人都注意曾奇怪，但他不以为意。虽然他走得慢，但是避免了被狗咬。

第二天，曾奇怪出门还是倒行。没走多远，遇到了一个熟人。熟人对曾奇怪说："咦，这不是曾奇怪吗？你怎么倒着行走？不累吗？"曾奇怪说："我这是锻炼身体呢！"熟人笑着说："现在的人，就是没时间锻炼身体，你倒挺有办法，在步行上做文章！"曾奇怪笑了一下，上前对熟人小声说："我倒行，是为了防狗咬！"熟人一听就明白了，笑着说道："真有你的呀！"曾奇怪说："这可是秘密，别外传！"熟人说："放心吧！"熟人然后也倒行了。熟人说："挺别扭的！"曾奇怪说："习惯了就好了，这可一举两得！"熟人说："也是！"熟人还是跟着曾奇怪倒行。

熟人回去把倒行的事告诉了家人，家人又告诉了亲朋好友。只两天的工夫，全城的人都知道倒行有益健康，更重要的是还能防止被狗咬，因此，全城的人都开始倒行了。

因为倒行，一个月了，全城还就只出了一起狗咬人的事。然而，在《奇奇日报》上，却登出了一条惊人的消息：倒行防止了人被狗咬，可是，全城的人因为倒行，本月就有 3000 人跌伤，有 8 人跌死！

虽然报纸登出了这样的消息，但奇奇市的人还是倒行。人们还说："倒行好，不会被狗咬！这倒行防狗法，应该申请专利，它可是我们奇奇市的财富！"

变 小 的 人

奇奇国是一个奇特的国家，从奇奇国旅游归来的人都赞叹其繁荣，都说奇奇国的人购房成瘾。购房怎么会成瘾呢？为了一探究竟，我只身来到了奇奇国。一出机场，我就呆了，楼房很多，很高。密密麻麻的楼房直指向天，站在楼房下面，抬头望不到楼顶，我突然感觉自己像一只井底之蛙。我突然生出一种恐惧的感觉。

我来到香马拉国际大酒店入住，服务员把我的房间安排到了三十层楼。我觉得太高了，问服务员有没有矮些的，服务员告诉我三十层楼起才是住房，这已经是最矮的房间了。我想退房，去找小旅馆住。服务员告诉我，那些小旅馆，楼层更高，一般都在五六十层楼上。服务员肯定是吓唬我的，我才不信呢，执意退了房。

我走上大街，开始寻找小旅馆，结果发现那些小旅馆果然都是在五六十层楼上。我只好回到了香马拉国际大酒店。在我离开这一段时间，有许多人入住酒店，结果我的房间安排到了四十层楼。我无奈地接受了。来到房间，我走到窗口，往下一看，地上的人小得像蚂蚁，车辆顶多像个乌龟。我叹息，这房子实在太高了！

第二天，我便开始上街游玩。中午，我在一个小吃摊吃饭。摊主是个好客的人，他热情地跟我交谈。他告诉我，他叫钱多多，事实上，他的钱并不多，在奇奇国，他属于最最贫穷的人，他连房子都买不起，甚至连一间门面都租不起，只好在街上摆个小摊挣几个饭钱。他说他这辈子最大的梦想就是拥有一套自己的房子。

我问他，房子很重要吗？钱多多说，房子当然重要！房子几乎就是一切！钱多多告诉我，房子在奇奇国有着举足轻重的地位，有了房子，就有老婆；有多少套房子，就可能有多少个老婆。他跟老婆结婚几十年了，可是因为他没有房子，老婆多次提出离婚，他一次次骗老婆哄老婆，老婆才一直跟着他，否则早就跑了。

钱多多说着叹息一声，又告诉我，现在老婆不再提离婚了，可他还是为房子的事发愁，他的儿子该成家了，但因为没有房子，谈了十几个女朋友，结果她们一个个都跑了。人家说，想结婚，就先

诚实培训班

买房子。钱多多说，一提到房子的事我就头大。现在房价老高，这辈子我不吃不喝也是买不到房子了。唉，全看儿子自己了！

我说，房子这么多，怎么房价这么高呢？钱多多说，都是有钱人闹的啊！钱多多叹了口气，告诉我，有钱人在这座城市买了一套房，又在那座城市买一套房。这样一来，买房子的人就很多，房子好卖，房价自然就涨上去了。因为买房子的人多，再加上开发商也狠心，想赚更多钱，因此一个劲地把房价标得老高。

钱多多看看我说，现在的有钱人真是太可恨了，买了房子又不住，空着，等房价一涨又卖出去。现在的奇奇国，有一半的房子空着，有一半的人却买不起房子。我恍然大悟，怪不得奇奇国这么多房子，原来都是买来卖去，并不是用来住的。这样的房子，还是房子吗？我突然觉得奇奇国太奇特了，太好笑了。

后来的几天里，不管我走到哪里，哪怕是上厕所，听到人们谈论的都是房子。在穷人为房价涨了叹息的时候，富人却笑眯了眼。富人们一见面就问，你又买房了吗？房子是最大的财富，成为富人的标签。在这房子背后，人们追逐的只是金钱，人们的幸福都建立在金钱之上。我庆幸自己不是奇奇国人，否则就太不幸了。

一周之后的一天早上，我走进电梯，发现电梯里除了我之外，大家都只有原来的一半高一半大了。我吃了一惊，以为见鬼了，走出电梯，发现服务员和保安都只有原来的一半高一半大了。我慌忙跑出酒店，大街上的人都只有原来的一半高一半大了。我以为自己的眼睛花了，揉了揉，再定睛一看，奇奇国的人都变小了。

一夜之间，奇奇国的人怎么就变小了呢？我去了钱多多的小吃摊。钱多多也毫不例外地变小了。钱多多看到我就迫不及待地说,房价降了,降了一半!房价降了一半,太不可思议了!钱多多看到我疑惑的表情,解释说,我们所有人都变小了,所需要的空间也变小了,一套房子就成了两套房,房子一多就不好卖了。

我恍然大悟。我说,这下好了,您也可以拥有一套房子了!钱多多说,是的,我也可以拥有一套房子了。但一套房子不够啊,儿子要一套,我和老婆还要一套。我希望我们还能再变小些,这样房价肯定还会降!面对突然变小的奇奇国人,我感到很不适应,只得匆匆离开了奇奇国。但我不明白为什么人们突然就变小了。

杞人忧天

这天晚上,都11点钟了,曾奇怪还坐在沙发上看电视。老婆几次叫他睡觉,他也没动。他在等父亲回来。父亲这么晚了还没回来,他不安心。

突然,曾奇怪听见了敲门声,他赶紧走过去打开了门,门外的人是父亲,曾奇怪说:"爸,你怎么这么晚才回来?"父亲进了门,坐下,说道:"孩子,我要你领导的手机号码……"曾奇怪莫名其妙,他问父亲:"爸,你要领导的手机号码干什么呀?""让我慢慢跟你说吧!今天我亲眼看见一个同我一样的老人在街上突然发病,而后有人打电话叫来救护车,他被送到了医院,可是最后由于他身上只有几十块钱,又跟家人联系不上,医院就不治疗,结果就死在了医院里。孩子,从明天开始,我身上就得带5000块钱了。万一我突然发病,有了钱到了医院他们才会给我治疗。我要你领导的手机号码,就是想让你领导同意你的假呀!我病了,总得有人照顾吧?"曾奇怪听了说:"爸,我看你这是杞人忧天,医院的人不会见死不救的……"父亲说:"反正我要带钱在身上,我还要带一个电话本在身上,出了事也好联系。赶快把你领导的手机号码给我!"曾奇怪无奈地写了领导的手机号码给父亲。

第二天晚上,父亲一回家就问曾奇怪:"孩子,你说我是不是老人?"曾奇怪看了看父亲,说道:"爸,你是老人呀!""可是今天有人却说我不是老人……"曾奇怪说:"这怎么可能呢? 你看你,头发胡子都白了,满脸的皱纹,都快70岁的人了,怎么会不是老人呢?"父亲说:"今天我去公园,谁知门卫把我给拦住了,他说我没买票,不准进去。我说我经常进公园,从来就没买过票,这公园老人进去不要票。门卫说那是以前的事,现在你要不买票就想进去,就得证明你是老人。今天我恰好带着身份证,就把身份证拿出来给他看。可是他却不认身份证,说我没有老年证,就不是老人,不是老人没买票就不能进公园。孩子,你说这事怪不怪?"曾奇怪听了说:"那门卫怎么能这样呢? 身份证就能证明你是老人呀! 就是看你的相貌,也知道你是老人嘛!"父亲说:"孩子,也不能怪那门卫,那不是他定的规矩。明天我得去办一个老年证,要不我进公园去锻炼就得买票了。一天去一次,一个月下来,票钱可不少呀! 还有,我听老张说现在老人参加什么活动都得凭老年证,没老年证你就是80岁人家也不认你是老人,就不让你参加!"曾奇怪说:"办老年证贵不贵?"父亲说:"管他贵不贵呢! 反正我明天就要去办个老年证,要不我就不是老人了!"

　　两天后的一个晚上,都到 11 点钟了,父亲还没回来,曾奇怪又坐在沙发上看电视等父亲。曾奇怪很想睡觉,可父亲还没回来,他不放心。老婆叫了他几次,他也没动。

　　突然,曾奇怪听见了敲门声,便赶紧走过去打开了门,门外的人是父亲,曾奇怪便说:"爸,你怎么又这么晚才回来?"父亲说:"我买拐杖去了。找了一天,总算买到了拐杖!"曾奇怪看见父亲手中的拐杖,便说:"你买拐杖干什么? 你一直都不用拐杖啊!"父亲进了门,把拐杖放到一边,说:"今天我到街上,虽然人很多,很拥挤,但是我却看见没有一个人敢去挤一个拄着拐杖的老人,老人到了人们身边,大家都连忙闪开。大家都怕自己把老人撞倒了,撞倒了就得花钱。要是老人是个骗子,那不骗你几千几万才怪呢! 要是倒在地上弄个残疾,甚至于一命呜呼了,那可负不起责任呀! 像我这种没有拄拐杖的老人,大家也不怎么在意,随便挤就是了。可这样是非常可怕的。前不久有个老人就在街上被人挤死了,电视上就说过。我可不想被人挤死,所以我就买了这根拐杖,以后出门就放心多了!"

　　几天后,曾奇怪发现街上有许多老人都拄着拐杖,曾奇怪见了他们,便不敢挨着他们了,他怕自己一挨老人,老人就倒了。要是老人是个骗子,那不骗几千几万才怪呢! 要是老人倒在地上残疾了或者一命呜呼了,那可负不起责任呀! 以前走路匆匆忙忙的曾奇怪,如今再也不敢匆匆忙忙地走路了。因为街上到处都是拄着拐杖的老人!

酋长的尾巴

　　曾聪明是一位探险爱好者，有一天，他来到了多拿多岛。这几乎是一个与世隔绝的小岛，岛上的都是土著人，他们的最高长官是酋长。曾聪明来到岛上的当天，就听到一个奇怪的消息：酋长的屁股上长了一条尾巴。随后，他又听到一个让他振奋的消息：只有屁股上长尾巴的人，将来才可以当酋长。于是他就想，我的屁股上要是长出一条尾巴，那我将来就可以当酋长啦！

　　曾聪明一直就想当官，当酋长，那是多大的官啊，那是一国的国王啊！曾聪明不清楚这里的土著人是否都长了尾巴，便拦了几个人来问，结果他们都告诉他，他们都没有长尾巴，还说不是谁都会长尾巴，只有酋长的继承人才会长尾巴，长尾巴那是上帝的旨意，长了尾巴将来就可以当酋长，大家都想自己的屁股上长尾巴，但再想也没有用。曾聪明听了就乐了：我当定酋长了！

　　曾聪明怎么就肯定他能当酋长呢？因为这里的土著人迷信啊，认为长尾巴是上帝的旨意，而这里又没有高超的医学技术，不会有土著人在屁股上生一条尾巴。曾聪明又问土著人，酋长的尾巴长什么样。土著人告诉他，酋长的尾巴像一条狗尾巴，但那绝不是狗尾巴。当然不会是狗尾巴，酋长是人不是狗。曾聪明明白了酋长的尾巴后，赶紧离开了多拿多岛：他要去生一条尾巴。

　　曾聪明回到家，取出了所有的积蓄，然后去了最好的医院，请了最好的医生,让医生将一条狗尾巴安到他的屁股上。尽管医生对他的做法觉得莫名其妙,不可理喻,但是在曾聪明的再三请求下,在给了一大笔酬金的前提下,医生还是把狗尾巴安到了他的屁股上。虽然是安上去的尾巴,但是一点也看不出痕迹和破绽,谁看了他屁股上的尾巴,都会认为那是自然生长出来的。

屁股上长了尾巴的曾聪明,再一次来到了多拿多岛。为了让人们知道他的屁股上长了尾巴,曾聪明没有穿皮带,而且在路上奔跑,跑着跑着,他的裤子就掉了下来,然后他的尾巴就露了出来。于是人们都看到了他屁股上的尾巴,并且都惊叫起来:"尾巴尾巴!他屁股上有尾巴!"听到大家的惊叫,曾聪明乐了:这下好了,大家知道我长尾巴了,我当酋长是上帝的旨意!

很快,来了一群警察,他们把曾聪明围了起来,曾聪明更乐了:消息传得可真快,这么快就来了警察!我是他们未来的酋长,他们都是来保护我的!然而,警察却对他吼道:"把手举起来!"曾聪明看到警察掏出了枪对着他,他愣住了:这是干什么呢?有这样对待酋长的吗?眼看事情不对劲,曾聪明只好乖乖地举起了双手,还说:"你们别乱来啊!我可是长了尾巴的……"

为首的警察说:"我们抓的就是你!就是因为你长了尾巴!"曾聪明又一次愣住了:这是怎么了?长了尾巴还要抓?长了尾巴不是未来的酋长吗?他们这是犯上作乱,简直就是吃了熊心豹子胆,不知好歹!哼,走着瞧!等我当了酋长,有你们好看的!我要抄你们的家,让你们滚出小岛!曾聪明忍住心头的怒火,任凭警察带他走,他想看看,警察到底要带他去哪里,要干什么。

不久,警察就把曾聪明带到了一座戒备森严的监狱。曾聪明忍不住问道:"你们搞错没有?为什么把我带到监狱?赶紧带我

诚实培训班

去见酋长!"可是没有哪个警察理他,他们直接把他送进了牢房。可恶的警察! 该死的警察! 曾聪明愤愤不平地瞪着离去的警察。一个囚犯对他说:"伙计,别闹了,他们不会理你的! 你再闹,惹怒了他们,倒霉的只能是你!"曾聪明无奈地坐了下去。

突然,曾聪明看到,牢房里的几个人都有一条尾巴,他吃了一惊:"你们都有尾巴?"一个囚犯说:"是的,我们都有尾巴! 你也有尾巴吧! 你肯定感到很奇怪,长了尾巴却进了监狱,因为长了尾巴是要当酋长的!"曾聪明说:"对啊! 长了尾巴要当酋长的! 可为什么却进了监狱?"那个囚犯说:"长了尾巴要当酋长没错,可是现在的酋长允许我们当酋长吗? 不允许啊!"

曾聪明顿时就明白了:别人有了尾巴,对现在的酋长是个巨大的威胁,有了尾巴的人,为了尽快当上酋长,就会对他下黑手。现在的酋长为了保住自己的位子,于是就把长了尾巴的人控制起来。那个囚犯又说:"据说进这里的人都长了尾巴,可要等到现在的酋长死掉才能当上酋长,我怕是等不到这一天了。你们看看我,都一大把年纪了!"说着,这个囚犯忍不住哭了起来。

曾聪明听了一愣,他看到有两个人比他年轻,天啊,他也当不成酋长,酋长人选,只会选更年轻的人来当。于是曾聪明赶紧扯自己屁股上的尾巴,他想扯掉了尾巴,自己就不再是酋长的人选了,那么他就可以离开监狱。曾聪明扯啊扯,扯痛了屁股,扯出了眼泪,也没有扯掉尾巴,他痛得"哎哟哎哟"地叫唤。其他几个人也跟他一样,扯着尾巴,也痛得"哎哟哎哟"地叫唤。

值班的警察听到了叫唤声,便走过来说:"你们干什么? 打架吗? 还争当酋长啊? 我告诉你们,当酋长,根本不可能! 酋长的屁股上根本就没有长尾巴! 酋长的屁股上怎么可能长一条尾巴呢？还狗尾巴呢！我们的酋长可聪明了，知道有人想造反，才放出话说屁股上长了尾巴，长了尾巴才可以当酋长！你们这些想造反的人，就在这里坐一辈子牢吧！"曾聪明顿时瘫在了地上。

幸好死得早

年轻的白领刘志伟从 18 层高楼上毫不犹豫地跳了下去，摔得血肉模糊。很快，刘志伟周围就聚集了许多看热闹的人，牛头和马面也及时赶到了现场。

牛头和马面上前问道："兄弟，你年纪轻轻的有啥想不开啊？"刘志伟一看是牛头和马面，无奈地说道："两位，你们有所不知，现在房价高，我买不起房子，只有死了算了！"

牛头和马面叹一口气，说道："现在买不起，那就等几年再买吧！急什么啊？"刘志伟摇摇头说："你们不是人，不知人间事，现在的房价高得离谱，别说等几年，就是再等上几十年，我努力工作，不吃不喝也买不起房子啊！"

牛头和马面大吃一惊，心想自己不是人，否则的话，为了一套房子，不吃不喝，多不值啊！

刘志伟催促道："两位赶快带我走吧，我不想活了，等会儿救护车来了，他们又要救我。"

牛头和马面上前拉着刘志伟就要离开。突然，刘志伟对他们说道："两位，等等，我不想死了，不想死了！"

"你这是怎么了？刚才不是还催我们带你走吗？"牛头和马

面诧异地盯着刘志伟。

刘志伟笑着说:"对不起。我刚听到有人说地价涨了。你们不知道,我父母在城郊买了一块墓地,这地价一涨,墓地也就跟着涨价了,到时候让父母把墓地一卖,我就能买上房子啦!"刘志伟禁不住欣喜若狂。

牛头和马面相互看看,摇摇头,转身就要离去。

"两位,等等,还是把我带走吧!"刘志伟乞求道。

"怎么? 你还是想死? 房子的问题不是解决了吗?"牛头和马面转身问道。

刘志伟哭丧着脸说:"两位,刚才我高兴得太早了。地价涨了,墓地是会涨,可是房价也会涨啊,而且比墓地涨得更高,卖了墓地,我还是买不到房子啊!"

原来是这样。牛头和马面面面相觑,苦笑一声,上前拉着刘志伟就走。

很快,刘志伟一行就来到了阎王殿,阎王为刘志伟办理注册手续。突然,阎王对刘志伟说道:"你本该有80岁的寿命,却只活了30岁,实在可惜啊! 为什么要跳楼啊?"

不等刘志伟回答,牛头和马面就抢着将事情原原本本地告诉了阎王。阎王听了叹息不已,突然说道:"地价又涨了! 我们这阴曹地府也是地,那也得跟着涨。首先,这注册费就得涨一倍,还有那安魂阁得涨两倍。人活着拼命挣一套房子,到了我们这儿,他总不能不找地方安魂,只当孤魂野鬼吧?"

牛头和马面点头道:"对,就该涨! 就该涨!"

刘志伟听了不禁笑了:"幸好我死得早,要是晚来一步的话,我没那么多钱注册,没那么多钱安魂,那就只能当孤魂野鬼喽!"

奇特的惩罚

公元 2222 年，物质非常丰富，人们想吃就吃，想睡就睡，想玩就玩，然而，就是在这样美好的时代，一个叫曾奇怪的人居然去抢了邻居家的一个花瓶。照理说，抢一个花瓶，算不上什么罪，可是在这样美好的时代，在几十年没有人犯罪的时代，抢一个花瓶可就不是一件简单的事了，这绝对是人类所不允许的。曾奇怪成为一个罪不可恕的人，人们纷纷要求给予他惩罚，有人说把他关到监狱去。

听到监狱，大家都傻了眼，因为世上已经没有监狱了。最后一座监狱，据网络上的消息说，已经在 50 年前就推倒了。难道为了曾奇怪一个人，再去修一座监狱吗？不可能啊！那把他关到哪里呢？又怎么惩罚他呢？一时间，大家都沉默了。突然，有人说有一座图书馆数十年没有人去，不如就将他关到图书馆去，让他在那里读那些书，让他全读完。读书？对！就让他读书！大家都露出了满意的笑容。

听说到图书馆去读书，曾奇怪连忙摇头说："不！我不读书！我不读书！"要知道，这个时代的人们，早已经不读书了，大家接收信息，全靠手机和电脑。就是活儿，人们也不用干，一切都有机器人工作。尽管曾奇怪一千个一万个不情愿，但他还是被人们押到了图书馆。多年无人问津的图书馆要不是机器人在管理，恐怕早就废掉了。走进图书馆,曾奇怪不由吓呆了:这里全都是一排排的书啊!

要知道,几十年来,曾奇怪可从来没有读过一本书啊,现在要将这里的书全部读完,那得花多少时间啊! 曾奇怪说:"不,我不要读书! 我愿意接受别的惩罚!"可是所有的人都摇摇头,表示不同意。然后,人们离去,把曾奇怪一个人留在了图书馆。曾奇怪不由长叹一声,后悔不该贪图一个花瓶。其实,他完全可以不用抢邻居家的花瓶,叫机器人为他做一个就是了,唉,谁叫他太冲动了呢!

开始的时候,曾奇怪不愿意看书,可是这里没有手机,没有电脑,他什么也干不成,实在无聊,最终,他不得不拿起了一本书,打算看书消磨时间。那是一本小说,没想到,他一看就着了迷,机器人为他送来饭菜也不知道。直到看完整本书,他才发现自己已经饿得前胸贴后背了,这才端起饭菜狼吞虎咽。虽然饭菜凉了,但他毫不在意,因为他又在想着刚看的小说,他突然有一种冲动:想看书。

吃过饭,曾奇怪就赶紧去拿了一本书来看。由于平时在网上看各种杂七杂八的信息都是一目十行,因此他看得特别快,一本书不到两个小时就看完了。看完后,他站起身,揉揉眼睛,捶捶肩膀,大声呼道:"精彩! 太精彩了! 过瘾! 太过瘾了!"现在,曾奇怪不再觉得让他看书是对他最大的惩罚,而是最大的享受和幸福,他甚至开始后悔,自己从前居然没有到图书馆来,好在现在来看书也不迟。

后来,有人来图书馆看曾奇怪,看他是否在接受惩罚,发现曾奇怪果然在看书,非常满意。曾奇怪对来看他的人说:"你们也来这里看书吧! 看书简直就是世上最美好的事!"人们听了这话便笑了,当然没有人会相信他的话。大家都想:他肯定觉得看书很痛苦,肯定很想让我们换一种惩罚方式,这才说看书是世上最美好的事。我们当然不会看书了,我们又没犯错,又不是囚犯,用不着接受惩罚。

看书这么美好的事,人们居然不愿意接受,曾奇怪只好作罢,他也明白,现在在大家心里,看书就是最大的惩罚。此后,曾奇怪每天都废寝忘食地看书,大家都说他诚心诚意地接受惩罚,是个好人,于是大家商量,决定放他回家,不用看书了。没想到,曾奇怪居然不肯离开图书馆,说他愿意继续留在这里。大家见了非常高兴:果然是个好人!既然他愿意,那就让他继续接受惩罚,读完这里的书吧!

三年后,曾奇怪将图书馆里的书全都看完了,然后,他走出了图书馆。人们为他举行盛大的晚会,祝贺他获得新生。晚会上,人们让曾奇怪讲讲在图书馆的感受,曾奇怪说他在图书馆过的这三年,是他人生当中最美好的三年,然后,他还为大家讲了一个书中的故事,结果大家都被深深地吸引了。因为,这时的人天天都被各种杂七杂八的信息所包围,平时就难得听到一个精彩的故事,大家直呼过瘾。

第二天,人们蜂拥涌向图书馆,疯狂借书,不到半天时间,数十年无人问津的书籍,全都被人借走了。人们借到书一回家就看,结果,大家都被书里的内容吸引了。看过书之后,大家都说原来书是这么美好,看书是这么幸福。从此之后,人们每天吃饱了喝足了就看书。十几年后,曾奇怪去世了,举世哀痛。在曾奇怪的墓碑上这样写着:一代圣人曾奇怪。因为他为人类发现了最大的幸福——看书。

不能发的财

  飞机失事时,男人背着降落伞跳了下去。男人一直往下落,往下落,他漂洋过海,眼看就要落在陆地上了,谁知却挂在了一棵大树上。男人挣扎,却还是稳稳地挂在树上。男人大声呼喊救命,终于引来了一群人。可是,这是一群土著人,原来,这是一个与世隔绝的小岛,岛上住的都是土著人。土著人觉得男人很可怜,于是他们的首领叫一个人爬上树,把男人救了下来。男人对土著人感激不已,一个劲地道谢。

  首领把男人带回了家。首领的房子是石头砌成的,家具也都是石头砌成的,只有那口锅才是铁做的。男人觉得首领真穷。哪知,首领却拿出了野味和美酒来款待他。野味是山里捕来的,美酒是自家酿的,男人吃得津津有味。吃着美酒佳肴时,男人掏出了手机,咔嚓咔嚓地拍了起来。首领十分好奇,当他看到手机里的照片时,更是惊讶得说不出话来。男人告诉首领,这是手机,不但可以拍照,还可以打电话。

  男人发现,手机根本没有信号。男人于是放音乐。首领听着音乐不禁手舞足蹈,还说:"真好听!真好听!"一首歌完了,首领看着手机,露出羡慕的神情。男人于是把手机送给了首领,说他救了他一命。首领没有客气,收下了手机,说他一定派人送他回去。吃过饭,男人教首领放音乐。首领真聪明,不一会儿,他就学会了怎样播放音乐。首领非常爱手机，干什么都把它带在身上，还放着音乐，摇着脑袋。

第二天，男人就跟首领说要回家。小岛上的土著人太落后，太原始了，什么都不方便，所以男人想尽快回家。首领叫来几个土著人，让他们驾船送男人回去。由于方向不明确，他们经历了重重困难，一个月后，男人终于回到了国家。船靠岸后，男人给那几个土著人买了吃的用的，叫他们等着他，他还要去小岛。男人回家后，迅速卖了房子，取出所有的存款，然后买了上千个手机，带上手机，他又去了小岛。

男人在小岛时，发现那些土著人对首领的手机充满好奇，他想，拿手机去卖，土著人一定疯狂购买。到了小岛，首领见到男人，非常生气，说他是个骗子，他走后不久，手机就不能用了。男人看了手机，发现手机没电了，便告诉了首领，然后又给了首领一个手机，首领这才笑了。然后，男人开始销售手机。由于土著人没有钱，因此，他们都拿家里的珍珠宝石来换。一个手机换一样珠宝，男人换来无数珠宝。

手机卖完了，男人又叫那几个土著人送他回去。那几个土著人都免费得到了一个手机，十分乐意效劳。回国后，男人又叫土著人等着他。男人变卖了所有的珠宝，买了无数的手机电池。当然，这些电池都是伪劣产品。男人想岛上没有电，土著人只有买他的电池，才能让手机放音乐，一块电池换一样珠宝，那就发了。男人想到土著人对手机爱不释手的样子，心想，哪怕就是一块电池换十样珠宝，他们也会干。

果然，电池一到小岛，土著人就争先恐后地来买，不是一块两块地买，而是十块八块地买。当然，土著人买电池所用的，仍然是珠宝。男人只认珠宝。其实,土著人也知道,珠宝是财富,但电池对于他们而言,同样也是财富。不到两天时间,一船电池就卖光了。看着堆成一座小山的珠宝,男人两眼放光,他想,这么多珠宝,我可发财了!这些土著人真是蠢货!等过段时间,我又来卖电池,又可以发一笔财!

男人正准备叫那几个土著人把珠宝搬到船上,首领却对他说他不能离开这里。男人愣住了。首领告诉男人,现在他拥有最多的珠宝,是这里最富有的人,要是他把财富都带走了,他们就都成了穷人,只有他留在这里,他们才可以把珠宝再赚回来。首领说:"这不是针对你,对于我们这里所有的人,都是一样!最有财富的人,不能离开小岛,这是我们祖宗立下的规矩!"男人只好留了下来,他想等机会再走。

开始,男人以为土著人留下他,会抢走珠宝,可他们不但不来抢,反而还轮流来保护他。这让男人想走也走不了。男人于是带了一包珠宝去首领家,他把珠宝送给首领,求首领准他离开。首领不收珠宝,也不允许他离开。首领说:"我收了你的珠宝,放了你走,那么,大家对我就有意见,以后,他们就不会再服我了。当然,如果你肯把珠宝分给大家,不再是最富有的人的话,那么,你就可以离开这里了!"

男人当然不愿把珠宝分给大家,于是他就只好留下来。不久,土著人的所有电池都用完了,手机不能放音乐了。于是,大家就来找男人讨说法,男人说只有更换新的电池才行。首领瞪着眼睛说:"什么?又要换电池?你这肯定是假货!如果不是假货,怎么老是需要换电池呢?你看我们这里的东西,哪一样用得着这么不停地更换啊?我早就说你是个骗子,果然是个骗子!你就是来换我们的珠宝的,是不是?"

男人看着首领凶神恶煞的样子,吓得直摇头,说他不是骗子。首领说:"幸好我们没有放你走,要不就被你骗走了那些珠宝!幸好我们的祖宗立下了规矩!祖宗的规矩果然有道理,最富有的人,就是不能离开小岛!"土著人都点头附和。然后,首领带着土著人分了男人的那些珠宝。对于男人这个骗子,土著人的意见是照祖宗的规矩办。于是,男人被带上了船,船驶到海里后,土著人把男人丢进了海里。

诚实培训班

曾聪明是个大骗子,他骗人无数,很少失败,在骗界享有极高的声誉。曾聪明见如今到处都在举办各种培训班,于是也决定举办一个骗术培训班。曾聪明想,就凭他在骗界的声誉,肯定有不少人来报名学习。

想到这里,曾聪明便写了骗术培训班招生启事:亲爱的朋友们、同志们,你们想学习骗术吗?肯定想吧!学了骗术,想骗就骗,想骗多少就骗多少,这活儿轻松来钱。来吧,来吧,来跟我学习骗术吧!本班由骗界著名大骗子曾聪明执教,包您学会。每期培训十天,收费一千元。名额有限,收满为止,欲学者从速。报名地址:奇奇市大片街588号。

招生启事贴满大街小巷,曾聪明等待人们上门报名。然而,三天过去了，无人问津。曾聪明又等了三天，还是无人问津。怎么会这样？怎么会这样？曾聪明上了街，拦了一个人问道："你知道骗术培训班吗？"那个人说："知道啊！"曾聪明问道："你想不想去学骗术？"那个人说："不想学！"曾聪明问道："为什么不想学？学骗术不好吗？"那个人说："骗术当然好，有了骗术可以想骗就骗。但是，我去骗术培训班学习，人们要是知道了，以后谁还敢跟我打交道啊？"曾聪明听了恍然大悟，的确，进了骗术培训班学习，别人肯定不敢再与这人打交道。

曾聪明想，既然人们不愿意进骗术培训班学习，那我就举办诚实培训班吧。如今的社会需要诚实人，人们肯定愿意来学。大家变诚实了，我们骗子骗起来，那就更容易了。想到这里，曾聪明又赶紧写了诚实培训班招生启事：亲爱的朋友们、同志们，你们想学习诚实吗？肯定想吧！学了诚实，就讲诚信，就能赢得别人的信任，就能增进人与人之间的感情。来吧，来吧，来跟我学习诚实吧！本班由著名诚实家曾聪明执教，包您学会。每期培训十天，收费一千元。名额有限，收满为止，欲学者从速。报名地址：奇奇市大片街588号。

曾聪明把招生启事贴在原来的招生启事上，他希望这次不再失望。没想到曾聪明刚一回到办公室，一个女人就走了进来。曾聪明认得她，她是一个骗子。女人问道："先生，这是诚实培训班报名处吗？"曾聪明点着头说："是的。请问您是来报名的吗？"女人点头说："是的！"曾聪明笑了，天啊，骗子都来诚实培训班报名学习，看来这个培训班是办对了！曾聪明想，要是所有的骗子都来诚实培训班学习，以后骗界就只有他一个骗子，他想骗就骗，一骗一个准！曾聪明想到这里满脸堆笑地说："欢迎，欢迎！"曾聪明无比热情,给女人让座,倒茶,然后为她办理了报名手续。

女人刚走,一个孩子又走了进来。曾聪明认得他,他也是一个骗子。孩子问道:"先生,这是诚实培训班报名处吗?"曾聪明点着头说:"是的。请问您是来报名的吗?"孩子点头说:"是的!"曾聪明听了满脸堆笑地说:"欢迎,欢迎!"曾聪明无比热情,给孩子让座,倒茶,然后为他办理了报名手续。

接着,又来了许多人报名。没想到,来的这些人,曾聪明都认识,他们都是骗子。曾聪明感到很奇怪,为什么来诚实培训班报名学习的人都是骗子呢?其他人为什么不来报名呢?难道这些骗子都想改邪归正,做个好人?如果真是这样,那就太好了!原定一百人的培训班,曾聪明硬是报了一千人。就是他不愿意增加名额,骗子们也强烈要求他增加名额。当然,曾聪明乐意增加名额。

一千个人,足够了。曾聪明准备关门走人的时候,一个老人走了进来。曾聪明认得他,他也是一个骗子,一个骗界的老骗子。老人问道:"先生,这是诚实培训班报名处吗?"曾聪明点着头说:"是的。请问您是来报名的吗?"老人点头说:"是的!"曾聪明满脸歉意地说:"老人家,不好意思,名额已满,您下学期再来吧!"老人一惊:"什么,名额已满?我一看到启事就来,没想到还是迟了一步!对了,来报名的都是些骗子吧?"曾聪明一愣:"你怎么知道来报名的都是骗子?"老人笑着说:"好人懂诚实,哪里用得着学啊?只有不懂诚实的骗子,才需要学习诚实!他们学了诚实,就懂得了诚实,就会装着诚实,利用诚实进行欺骗。这样,骗起人来就更容易了!"曾聪明听了大吃一惊,天啊,原来骗子们来报名学诚实,并不是为了改邪归正做个好人,而是为了更好地行骗。

当天夜里,曾聪明卷款外逃了,他可不希望别的骗子学习诚实后变得比他还厉害。更重要的是,他根本就不懂诚实,自然无法执教,而他开办诚实培训班,只是为了收取报名费——这是他的一个骗局。

卡尔奇遇记

卡尔驾船出海,返航的时候,由于走错了方向,结果误入了一座叫喔喔岛的小岛。小岛上住着一个土著部落。卡尔带着好奇心上了小岛,决定在此旅游一番。卡尔发现小岛上的土著人用贝壳当作货币。用贝壳当作货币,在卡尔生活的拍拍岛已经是一百年前的事了。卡尔发现这个小岛实在太落后了,吃的穿的都十分缺乏,许多人还以打猎或者捕鱼为生。

卡尔没有贝壳,他只有纸币,他掏出纸币买东西的时候,立即就引起了土著人的注意,他们问他这张好看的纸条是什么东西。卡尔笑着告诉大家,他来自遥远的拍拍岛,这是他们那里的钱,同这儿的贝壳一样,可以买东西。卡尔还指着纸币上的头像告诉大家,这是他们的国王,他们的最高领袖。而在这喔喔岛上,土著人的最高领袖却还是部落的酋长。

土著人听说这张小小的纸条就是钱,可以买东西,见上面还有国王,都争相卖东西给卡尔。土著人为了得到卡尔的纸币,还争相用贝壳来换。卡尔只有一千元拍拍币，却在喔喔岛吃喝玩乐了十天，走时，他还剩下上百枚贝壳，这上百枚贝壳，还足够他在这里吃喝玩乐十天。而一千元拍拍币，只够他在拍拍岛吃喝玩乐一天。卡尔觉得这趟旅游太划算了。

卡尔回到了拍拍岛。他一上岸就告诉大家自己在喔喔岛的奇遇，并掏出了那些贝壳。面对好看的贝壳——喔喔岛的钱，大家都十分好奇，纷纷拿纸币和卡尔交换。很快，卡尔带回来的贝壳就一枚不剩了。贝壳很快就传到了国王的手里，国王看了贝壳突发奇想：喔喔岛用贝壳当作货币，我们也应该用贝壳当作货币，这样可以体现我们拍拍岛的传统特色。

几天后，拍拍岛就实行贝壳货币制，纸币不再在市场流通。岛上的所有居民都到王宫门前用纸币换贝壳。很快，换币成功。国王召见卡尔，说他带回了贝壳，才使得拍拍岛也实行贝壳货币制，作为有功之人，他可以提一个要求。卡尔笑着提了一个要求，就是想拥有一些纸币。如今的纸币，已经成为废纸一张，国王笑着答应了卡尔的要求，让他尽管拿。

卡尔装了一船的纸币。卡尔想，在拍拍岛纸币是废纸，但是到了喔喔岛，那就是钱，就能换回很多贝壳，有了很多贝壳，他就发大财了。卡尔十分兴奋，驾驶着船离开拍拍岛，去了喔喔岛。卡尔顺利地到了喔喔岛。卡尔一上岛，土著人就围了上来，他们一围上来就感谢卡尔，说卡尔让他们开了眼界，现在，他们整个部落都实行纸币了，携带十分方便。

土著人还纷纷掏出纸币给卡尔看。卡尔发现，土著人的纸币是仿造他们拍拍岛的，只是将国王的头像换成了酋长的头像而已。卡尔泄了气，觉得这趟白来了。那天，卡尔在岛上无精打采地行走,突然发现了一座小山,他清楚地记得上次来的时候没有这座小山,他走了过去,天啊,那是一山贝壳!原来,土著人用纸币了,原来的贝壳便全都堆放在了这里。

晚上,卡尔将一船的纸币扔掉了,然后偷偷地装了一船的贝壳,连夜往拍拍岛赶。半个月后,卡尔回到了拍拍岛。可是他一上岸,就呆住了,因为他看到人们买东西的时候,使用的不是贝壳,而是纸币。这是怎么回事啊?卡尔连忙向人打听。人们告诉他,听说喔喔岛也实行纸币制,说明纸币还是很先进的,再鉴于贝壳携带不方便,于是便换回纸币了。

卡尔连忙将一船的贝壳扔掉,置办了许多吃喝的东西,立即就往喔喔岛赶去,他要去运回扔掉的那些纸币。只要运回那些纸币,他就发财了。半个月后,卡尔顺利地来到了喔喔岛。卡尔找了很久,却没有找到那些纸币,他向土著人打听。土著人告诉卡尔,他们这儿的纸币全都烧掉了,他的那些纸币可能也都烧掉了,现在他们这里还是实行贝壳货币制。

又实行贝壳货币制?怎么又实行贝壳货币制了呢?卡尔愣住了。土著人看出了卡尔的疑惑,向他解释:听说拍拍岛都向他们学习,使用贝壳当货币,可见这古老的传统是多么美好,于是酋长下令还是使用贝壳当货币。卡尔想到自己扔掉了一船的贝壳,顿时泪流满面。土著人说:"你带来纸币,这么一折腾,我们损失大着呢!"土著人说着也泪流满面。

幼儿园超大班

一群大学生来到幼儿园,强烈要求进入园内学习,他们学习的理由是:他们读幼儿园的时候,学小学的知识;读小学的时候,学初中的知识;读初中的时候,学高中的知识;读高中的时候,学大学的知识;读大学的时候,又在为谈恋爱找工作努力;他们从没有读过真正的幼儿园,因此他们希望自己能读一回真正的幼儿园。大学生来读幼儿园,这可不是开玩笑,园长不敢做主,打电话给市长曾奇怪。曾奇怪想,是啊,这些大学生,还真没读过真正的幼儿园,既然他们想读,就让他们读吧。

幼儿园招收大学生的消息一传开,来报名的大学生可真不少,后来,奇奇市的聪聪幼儿园利用假期,专门为这些大学生开设了超大班。上课第一天,大学生们都很兴奋,他们终于可以体验幼儿园的生活了。为了把超大班的大学生教好,园长亲自执教。开始上课了,园长说:"同学们,如果在街上遇到我,你们该怎么做?"一个大学生说:"跟你打招呼,请你吃饭……"又一个大学生说:"不但要请吃饭,还要送红包……"园长说:"不要忘了,你们是孩子,孩子怎么会请我吃饭呢?怎么会给我送红包呢?"

大学生们说:"我们是孩子没错,但我们可以叫父母请你吃饭,叫父母给你红包啊!"园长说:"小孩子也知道请吃饭,送红包?"大学生们说:"当然知道了!小孩子不但知道这些,还知道跟老师搞好关系,就可以得到照顾,比如多得一颗糖。"园长点了点头,说道:"对了,你们刚才太没礼貌了,回答问题,应该先举手,举手知道吗?"大学生们说:"知道! 我们还真把举手给忘记了,毕竟我们已经多年没有举手了!"园长说:"如果有一大一小两个苹果,你和你的同桌一人一个,你们该怎么做?"

一个大学生说:"这还用说,当然是我要大的,他要小的!""举手! 举手!"其他大学生立即对这个大学生指责道。这个大学生听了一愣,他还真把举手给忘记了。大家都把手举了起来。园长点了一个人的名字,那个大学生说:"当然是我要大的,小的给他!"园长说:"为什么你们都要选大的,而把小的给同桌呢?"大学生们说道:"只要脑子没有问题的人,都不会把大的给同桌!"园长说:"你们就不能让一让吗?"大学生们说:"为什么要让呢? 他能给我什么好处吗? 当然,如果他能给我好处,那我可以让!"

园长又说:"同学们,如果你看到一个同学摔倒了,爬不起来了,你怎么做?"大家都举起了手。园长点了一个人的名字,那个大学生说:"假装没看见,赶紧跑开!"园长又点了一个人的名字,这个大学生说:"去叫老师来扶他!"园长问这个大学生:"你为什么不自己上前扶他呢?"这个大学生说:"我要是扶了他,他说是我推倒的他,那我可就麻烦了!"其他人都说:"对,不能扶,谁扶谁倒霉! 其实,连老师也不要去叫,赶紧跑开,就当没看见。这样,什么事都没有!"园长听了看看这些大学生,叹了一口气。

园长说:"下面,我们到教室外面去玩。"听说玩,大学生们一窝蜂地涌出了教室。有的跑去滑滑梯,有的跑去坐木马,有的跑去搭积木……可是很快,大家就打了起来。单独玩的,总有人去抢；合作玩的，互相整对方。一时间，打起了群架。园长说："同学们，你们这是干什么？都给我住手！"园长的话根本不管用，没有谁听她的。园长只好上前去劝架，拉了这个拉那个，结果大学生们连她一起打，还说她多管闲事。看着打成一团的大学生们，园长哭了起来，她说："怎么会这样？怎么会这样？"

再打下去，肯定会出人命，于是园长报了警。很快，警察就来了。警察把大家拉开了，大学生们一个个还瞪着眼睛，恨不得吃了对方。市长曾奇怪也来了，他说："你们现在的身份是小孩子，小孩子怎么能这样呢？"大学生们说："小孩子当然知道打架了。"曾奇怪说："可你们还是大学生，大学生也能这样吗？"大学生们说："不这样行吗？我总不能让对方欺负吧？"曾奇怪无语。他和园长商量，决定取消这为期一个月的学习，因为他们担心以后还会发生更可怕的事。于是，这幼儿园超大班不到半天就结束了。

由于这些大学生都是知识分子，如果不让他们毕业，社会上不好交代，于是园长给他们每个人都发了一个毕业证。拿到毕业证的大学生们一个个手舞足蹈："我毕业了！我毕业了！我是一个优秀的学生！"看着高兴的大学生们，园长叹息着直摇头。

人贩子的遭遇

男人是个人贩子，他不但拐卖儿童，还拐卖女人。他把女人卖到山里，卖到国外。他高大英俊，很讨女人喜欢，因此，他很容易就能骗到女人。每一次，他都成功。因为成功，他的胆子就越来越大，这次，他又骗了四个女人，还是四个年轻的美女。

他告诉美女，他在国外开了公司，请她们去他的公司上班。他开出极高的待遇，四个美女信以为真，而且，四个美女都很喜欢他。他一向都很高明，总是把拐卖的人骗得团团转，对他的话信以为真，对他根本不设防，直到卖了还不知道是怎么回事。

这次，他同样顺利地把四个美女带上了船。船在海上行了一周后，他便带着她们下船，上了一艘小船。小船在海上行了一天，他们就来到了一座小岛。这次，他决定把这四个美女卖给岛上的有钱人，到时候，他将在岛上拍卖，那样就可以卖到很多钱。

四个美女毫不知情，因为他事先告诉她们，他先带她们来这儿旅游。听说旅游，四个美女笑眯了眼：还没有工作，老板就请她们旅游，真是太好了！岛上风光秀丽，的确是旅游胜地，的确值得游览。他带着四个美女向城里走去，那里住着许多有钱人。

然而，半路上，他们被岛上的警察拦住了，他们被带进了王宫。女王盛情款待他们。他们吃从未吃过的美味佳肴，喝从未喝过的极品美酒。他对四个美女说："岛上的人都认识我，我跟女王是朋友！"四个美女心想，他可真是有钱有势！跟他是对了！

他见四个美女笑逐颜开，不由笑眯了眼：他即将出卖她们，可她们还蒙在鼓里，乐在其中！又是一场高明的买卖！他发现，这里的女人，包括女王，都特别难看，他带来的四个美女，个个都貌若天仙，这里的男人一定非常喜欢，这回自己可发大财了！

终于，酒足饭饱了。女王叫人端来了四盘珠宝。他见了笑眯了眼：女王要买下这四个美女，还直接给珠宝，一个女人就值一盘珠宝，太棒了！他兴奋得直搓双手：有了这四盘珠宝，以后可以大干特干,自己当老板,叫手下替自己拐卖妇女儿童就行了!

珠宝端过来了,可是他却傻了眼:四个土著男人把珠宝端给了四个美女! 他不由问道:"怎么把珠宝给她们?"女王走了过来,没有理他,却对四个美女说:"你们带来的男人实在是太帅了,我非常满意! 希望你们以后还能给我们带来这样的帅哥!"

女王的话让他,还有四个美女莫名其妙。于是女王又向他们解释:岛上的男人太少了,她们也不喜欢这里的男人,于是她们便对外购买男人,她们已经购买了许多男人。他这才明白:原来,女王把四个美女当成了人贩子,把他当成了拐来出卖的商品。

"不! 我才是人贩子!"他吼道。女王手一挥,他被两个土著男人带了下去。他反抗,但根本不是土著男人的对手。土著男人说要是再反抗,就揍他。看着土著男人又黑又大的拳头,他不再反抗,被关进了一间屋子。他很伤心,这次居然卖掉了自己。

他实在太帅了,女王想跟他结婚。女王召集大臣商议。首相说:"您已拥有了王位,他应该是属于我的!"原来,首相也很喜欢他。防务大臣说:"不! 他应该是属于我的!"商务大臣说:"不!他应该是属于我的!"……一时间,大臣们争论起来。

这座小岛是女人的王国,所有的大臣都是女人,他是大臣们见过的最帅的男人,每个大臣都想得到他。可是只有一个他,当然不可能分给她们每一个人,到底把他分给谁呢,大家都拿不出主意,谁也舍不得放弃他。一时间,整个会议陷入了沉默之中。

终于,有大臣说道:"要不先把他留着,等以后找到了像他一样帅的男人,我们再分配,你们说呢?"这倒是个好主意,大家都点头同意。为了防止他逃跑,他被关到了岛国的监狱。那里有高大的石墙,有森严的守卫,以及荆棘,没有人能逃得出去。

很快,岛上的女人都知道有一个帅哥,她们一起到王宫抗议,也要求得到一个这样的帅哥,女王答应了她们的要求。在这个世上,要找一个同他一样的帅哥,当然不可能,要找成千上万个,更不可能。毫无疑问,他只能被终身关押——他成为一个囚犯。

最有价值的纸条

在一座小岛上,有一个土著部落,他们与世隔绝。他们每天日出而作,日落而息。他们异常努力,只有努力,才能生活富足。有一个叫张三的人,他体弱多病,不能劳作。不能劳作,他就没有粮食,就只能找点野菜充饥,因此他就饱一顿饿一顿。这样一来,他的身体一天不如一天。他很苦恼,为了排遣心中的烦恼,他就拿笔在纸上画花草树木,他画了很多,画得越来越好。

有一天,张三实在饿极了,他出去找野菜,可是找了很久,也没有找到多少野菜,他只好回了家。他很想吃一顿米饭,于是他去了邻居李四家。李四身强体壮,干活卖力,家里有不少大米。张三到了李四家,说借大米。李四不干,他担心借了大米张三不认账,而且张三也很可能还不了。张三想到口袋里有张纸条,便掏了出来,他说他这张纸条可以作为凭证,绝对不会赖账。

李四接过纸条,发现上面有好看的花花草草,他想这样的图案,只有张三会画,他有了这纸条,不怕张三不认账。而且张三说了,借三十斤大米,以后还五十斤,十分划算,于是李四答应了,给了张三三十斤大米。张三提着三十斤大米回了家,立即煮了米饭大吃了一顿。再说李四，他得到了张三的纸条，想到这张纸条将来可以换回五十斤大米，非常高兴，便认真收了起来。

几个月后，李四家没有大米了，他带上纸条去找张三要大米。张三家也没有大米，他当然给不了李四大米，他让李四再等等。张三没有大米，李四也没有办法，只好带着纸条离去。李四想张三现在没有大米，就他的状况，恐怕将来也没有大米给他。李四觉得自己被骗了，他觉得纸条毫无价值。突然，他眼睛一亮，张三可以用纸条找他换大米，他也可以用它去找人换大米啊！

李四带上纸条去了王五家。王五家有很多土地，种了很多庄稼，收了很多粮食。李四开门见山就说要借大米。王五当然不干。李四知道王五担心他不认账，便掏出了纸条，说这张纸条可以作为凭证，说他借六十斤大米，将来可以用它换回一百斤大米。王五接过纸条，发现这是一张奇特的纸条，想到将来可以用它换回一百斤大米，觉得十分划算，于是便给了李四六十斤大米。

几个月后，李四丰收了，但他并没有去换回那张纸条。王五见李四不来换回纸条，心想坏了，知道自己上当了，一张纸条毫无价值，李四当然不可能用一百斤大米换回它。王五想李四可以用纸条找他换大米，他也可以用它找人换大米。王五想到了邻居赵二。后来，他带上纸条去了赵二家，说他有一张纸条，可以换两百斤大米。王五把纸条拿给赵二看。赵二看了纸条直摇头。

王五心想这下完了，赵二不认纸条。王五想到了李四，便说李四也认为这张纸条可以换两百斤大米。赵二想，不就是一张小小的纸条吗？凭它就能换到两百斤大米？这也太神奇了吧！赵二对这张奇特的纸条产生了兴趣。王五看出赵二对纸条有了兴趣，便把他往李四家拉，说可以向李四求证。到了李四家，王五掏出纸条，赵二指着纸条问李四，是不是可以用它换两百斤大米。

李四一看纸条就担心王五让他用一百斤大米换回纸条，但赵二这么一问他，他便知道王五是想用纸条找赵二换大米，为了不损失一百斤大米，他便点了头。赵二见李四点了头便笑了。一张纸条可以换两百斤大米，而王五只要一百斤大米，于是赵二便给了王五一百斤大米。然后，赵二将纸条好好地收藏了起来。他觉得家里最有价值的东西就是这张纸条，它可是两百斤大米啊！

后来，赵二见王五一直不来换回纸条，这才明白自己被骗了，一张纸条，不能吃不能喝，拿两百斤大米换它，傻啊！赵二不甘心，于是就拿纸条去找别人换大米，说纸条能换到三百斤大米，自己只要两百斤大米就把纸条给他。当然，那个人不相信一张纸条有这么神奇，于是赵二带他去找王五。有王五作证，那个人信了。于是，赵二用纸条换来了两百斤大米，可把他乐坏了。

见赵二用纸条换来两百斤大米，王五十分后悔，觉得当初自己太傻了，不知道拿它多换点大米。王五去找李四，说要是他有纸条，就拿来换大米。李四没想到王五主动找他要纸条换大米，心想这太好了，自己可以用少量的大米换来纸条，再用纸条换来更多的大米。于是李四就去找张三，说他愿意用大米来换他的纸条。张三有的是纸条，他需要的就是大米，他立即就答应了。

于是张三的纸条到了李四手里，又从李四手里到了王五手里，又从王五手里到了赵二手里，又从赵二手里到了其他人手里。后来，许多人都知道有一种纸条可以换取大米，都知道纸条每转一次手就可以换到更多大米，于是人们都争相用大米等各种物品来换取纸条。人们得到纸条并不急于用它换取各种物品，都把它珍藏起来。人们都将纸条视为财富，觉得纸条越多就越富有。